쓰리

쓰리

나카무라 후미노리 장편소설

양윤옥 옮김

자음과모음

차례

1

아직 내가 어렸을 때, 행위 도중에 자주 실수를 했다.

붐비는 가게 안이나 타인의 집에서 몰래 손에 잡은 것을 자주 떨어뜨렸다. 타인의 물건은 내 손과 친해지는 일 없는 이물(異物)로서 존재했다. 본래 손을 대서는 안 될 접점이 나를 거부하듯이 이물은 파르르 떨며 독립을 주장하고, 문득 깨닫는 순간 아래로 툭 떨어졌다. 저 멀리에는 언제나 탑이 있었다. 안개에 가려져 윤곽만 떠오르는, 오래된 백일몽 같은 탑. 하지만 지금 나는 그런 실수는 하지 않는다. 당연한 일이지만 탑도 보이지 않는다.

　시선 끝에서, 검은 코트를 입고 실버 슈트케이스를 오른손에 든 초로의 남자가 플랫폼으로 걸어가고 있었다. 나는 그가 이 주위의 승객들 중에서 가장 부유한 사람이라고 판단했다. 코트는 브루넬로, 양복도 마찬가지다. 아마도 따로 주문했을 터인 벨루티 가죽구두는 전혀 닳지 않았다. 간단히 알아볼 수 있는 부를 지닌 그 남자는 자신이 그런 존재라는 것을 주위에 강력히 주장하고 있었다. 왼쪽 손목에 찬 은시계는 데이트저스트, 소매 밖으로 살짝만 보였다. 평소에 혼자 신칸센 기차를 타고 다닌 일이 없기 때문에 차표 사는 데 시간이 걸린다. 남자는 등을 숙이고 불쾌한 벌레처럼 통통한 굵은 손가락을 자동판매기 앞에서 더듬더듬 움직이고 있었다. 그때 지갑이 그의 코트 왼쪽 앞 주머니에 있는 것을 봤다.

　거리를 유지하며 에스컬레이터를 타고 천천히 내려갔다. 신칸센 기차를 기다리는 그의 뒤편에 신문을 손에 들고 붙어 섰다. 심장의 고동이 아주 조금 술렁였다. 이 플랫폼의 방범 카메라가 어디에 있는지는 낱낱이 꿰고 있다. 나는 입장권밖에 없기 때문에 상대가 기차에 오르기 전에 끝내기로 했다. 등으로 오른편 사람들의 시야를 차단하고, 신문을 접어 왼손에 바꿔 들고 천천히 아래로 내리면서 어두운 그늘을 만들어 오른손 검지와 중지를 그의 주머니에 넣었다. 그의 코트 소매 단추에 형광등 불빛이 희미하게 반사되어 시야 한 귀퉁이로 미끄러지듯이 흘러갔다. 숨을 천천히 들이쉬고 그대로 호흡을 멈췄다. 지갑 끝을 손가락 사이에 끼우고, 뽑아낸다. 손끝에서 어깨로 떨림이 흐르고 따끈한 열기가 조금씩 몸에 퍼지는 것을 느꼈다. 주위의 다양한 인간들, 그 무수히 교차하는 시선이 이 부분만은 공백이 되어 전혀 날아오지 않는 것을 알고 있다. 긴장하는 손가락과 지갑의 접점을 견뎌내면서, 접어놓은 신문 틈새에 지갑을 끼우고 오른손으로 바꿔 들어 내 코트 안 주머니에 넣었다. 숨을 조금씩 토해내고 체온이 다시 오르는 것을 의식하며 눈으로 주위를 확인했다. 손가락에는 아직도 이물을 잡았던 긴장감이, 타인의 영역에 비집고 들어섰던 저릿한 흔적이 남아 있었다. 목덜미에 희미하게 땀이 번졌다. 나는 휴대전화를 꺼내 문자를 보내는 척하며 걸음을 옮겼다.

개찰구로 돌아와 마루노우치 선으로 통하는 회색 계단을 내려왔다. 갑작스럽게 한쪽 눈이 침침해져서 움직이는 사람들 모두가 흐릿하게 윤곽이 사라지는 것 같았다. 플랫폼에 도착했을 때, 검은 양복을 입은 남자가 시야 한 귀퉁이에 들어왔다. 바지 오른쪽 뒷주머니가 약간 두둑한 것을 보고 그곳에 지갑이 있다는 것을 확인했다. 생김새나 몸짓으로 봐서 꽤 인기 있는 호스트일 거라고 판단했다. 남자는 뭔가 의아하다는 얼굴로 휴대전화를 들여다보며 가느다란 손가락을 바쁘게 움직였다. 그와 함께 지하철에 올라 붐비는 승객의 흐름을 파악하며 후텁지근한 공기 속에서 그의 뒤에 바짝 붙었다. 인간의 신경은 크고 작은 자극을 동시에 느끼면 작은 쪽의 자극에는 소홀하게 된다. 이 구간은 두 차례 큼직한 커브가 있어서 지하철이 중간에 크게 흔들린다. 뒤에 서 있는 회사원은 석간신문을 접어서 읽고 있고 오른쪽 중년 여자 둘은 자신들 이외의 사람에 대해 이야기하며 잇몸을 보이고 웃었다. 이동(移動)이라는 주위 사람들의 목적 속에서 나 혼자만 그들과 달랐다. 손등을 상대 쪽으로 향하고 두 개의 손가락을 넣어 호스트의 지갑을 사이에 끼웠다. 승객들이 서 있는 위치가 수직의 선처럼 나를 에워싸고 있었다. 호주머니 끝의 실 두 올이 풀려서 몸부림치는 뱀처럼 선명한 나선을 만들었다. 차가 휘청 흔들린 순간, 기대듯이 호스트의 등을 가슴으로 밀면서 수직으로 뽑아냈다. 압박하는 힘이 위로 빠져나가고, 숨을 내쉬자 확실한 열기가 몸에 흐르는 것을 느꼈다. 기척으로 주위를 확인했지만 위화감은 없었다. 이런 간단한 케이스에서 내가 실수할 리는 없다. 다음 역에서 내려 추위를 타는 사람처럼 어깨를 움츠리고 걸었다.

늘쩍지근한 인파의 흐름을 비집고 개찰구를 빠져나왔다. 역 출구에 모여 있는 열다섯 명의 평범한 남녀를 바라보며 저기에는 대충 이십만 엔쯤 있겠다고 생각했다. 담배에 불을 붙이고 천천히 걸었다. 왼편 전봇대 너머에서 무방비로 자신의 지갑을 확인하고 하얀 다운재킷 오른쪽 호주머니에 넣는 남자를 보았다. 다운재킷의 소매는 거뭇거뭇 때가 꼈고 운동화는 닳아빠졌다. 괜찮은 건 바지의 천뿐이다. 나는 그를 무시하고 미쓰코시 백화점에 들어갔다. 브랜드숍이 늘어선 남성복 매장에는 마네킹이 입은 코디

네이트 디스플레이가 있었다. 이십대 후반에서 삼십대 초반의, 꽤 부유한 사람이 입을 만한 옷차림. 이 마네킹과 나는 똑같은 옷을 입고 있다. 패션에는 별 관심이 없지만 이런 행위를 하는 인간은 되도록 남의 눈에 띄지 않는 옷차림이 좋다. 의심받지 않기 위해서라도 어느 정도 부유한 차림새로, 거짓을 몸에 두르고 그 거짓으로 주위에 녹아들 필요가 있다. 마네킹과는 구두만 다르다. 도망쳐야 하는 상황을 고려해 나는 운동화를 신는다.

매장 안의 온기를 이용해 주머니 속에서 손가락이 부드러워지도록 오므렸다 폈다 하는 동작을 계속했다. 손가락 끝이 마르지 않게 하려고 넣어둔 젖은 손수건은 아직도 차가웠다. 내 검지는 중지와 거의 길이가 같다. 태어나면서부터 그랬는지 점점 그렇게 되었는지는 모르겠다. 검지보다 약지가 더 긴 사람은 중지와 약지를 사용한다. 중지를 짧게 당겨 세 개의 손가락 사이에 끼우기도 한다. 다양한 것들의 흐름을 타면서 남의 주머니에서 지갑을 꺼내는 동작에도 가장 부드러운, 최적의 움직임이 있다. 각도 외에 속도와도 관련이 있다. 그런 이야기를 이시카와는 즐겨 늘어놓았다. 술을 마시면 그는 항상 어린애처럼 무방비하게 말이 많아지곤 했다. 그가 지금 뭘 하고 있는지 나는 알지 못한다. 아마도 벌써 죽었을 것이다.

백화점의 어슴푸레한 화장실 빈칸에 들어가 얇은 장갑을 끼고 지갑을 확인했다. 역 화장실은 혹시나 해서 이용하지 않는다. 코트 남자의 지갑에는 구만 육천 엔과 백 달러 지폐 석 장, 비자 골드카드, 아메리칸 익스프레스 골드카드, 면허증, 헬스클럽 회원증, 칠만 이천 엔짜리 요정 영수증 등이 들어 있었다. 귀찮아서 그냥 넣어두려는 참에 얼룩덜룩한 색깔의 글씨 없는 플라스틱 카드를 발견했다. 이 카드라면 몇 번 본 적이 있다. 회원제 매춘 클럽의 카드다.

호스트의 지갑에서는 오만 이천 엔과 면허증, 미쓰이 은행의 크레디트 카드, DVD 대여점과 만화찻집 카드, 성매매업 여자의 명함 몇 장, 그다음은 명세서와 영수증 같은 종이쪽이었다. 하트와 별이 찍힌 컬러풀한 알약도 있었다. 지폐만 빼내고 나머지는 지갑에 넣었다. 지갑에는 그 주인의 인격이나 생활이 나타난다. 휴대전화와 마찬가지로 그 사람의 비밀스러운 부분, 인간이 몸에 달고 다니는 온갖 것의 핵으로서 중심에 자리 잡고 있다. 일이 시끄러워지기 때문에 카드는 매매하지 않는다. 이시카와가 했던 대로 지갑과 함께 우편함에 넣어버리면 우체국에서 경찰서로 넘어가 면허증 주소로 돌아가게 된다. 지문을 닦아내고 주머니에 챙겨 넣었다. 호스트는 약 때문에 체포될지도 모르지만 그건 나하고는 아무 상관없는 일이다.

화장실에서 나오는 참에 코트 안쪽 비밀 호주머니 한 곳에서 이질감을 느꼈다. 가슴이 술렁거려 다시 한 번 화장실로 들어갔다. 질긴 가죽의 고급 불가리 지갑이었다. 안에는 신권으로 이십만 엔이 들어 있었다. 비자 등의 골드카드 몇 개 외에도 증권회사 회장의 명함이 들어 있었다. 이 지갑도, 그 명함의 이름도 처음 보는 것이었다.

또 이렇군, 이라고 생각했다. 이걸 뽑아낸 기억은 없다. 내가 오늘 손에 넣은 지갑 중에서 가장 고가의 것이 틀림없었다.

2

가벼운 두통을 느끼며 지하철의 흔들림에 몸을 맡겼다.

하네다 공항으로 향하는 지하철을 탔지만 차 안은 지독
히 붐비고 있었다. 난방과 타인들의 체온에 나는 땀을 흘
렸다. 주머니 안에서 손가락을 꼼지락거리며 바깥 풍경을
바라보았다. 너저분하게 한데 뭉친 민가들이 무슨 신호처
럼 일정한 간격으로 지나갔다. 갑자기 어제 마지막으로 본
지갑이 떠올라 눈을 깜빡였을 때, 거친 소리와 함께 눈앞
으로 거대한 철탑이 스쳐갔다. 그건 한순간의 일이었지만
내 몸에는 힘이 들어가 있었다. 북적거리는 지하철 안에

이런 모습으로 서 있는 내게 철탑이 높직한 곳에서 무심한 시선을 던진 것처럼 느껴졌다.

차 안으로 시선을 돌린 순간, 뭔가에 사로잡힌 남자를 보았다. 남자는 여자의 몸을 더듬으며, 신경을 집중한다기보다는 눈을 가늘게 뜨고서 방심하고 있었다. 이런 남자에는 두 가지 종류가 있을 것이다. 성적으로 변태 경향이 있는 보통 인간과 변태에 자신이 먹혀버려 현실과 변태의 경계가 애매해지고 그것이 모든 것이 될 만큼 침식된 인간. 이 남자는 후자라고 생각하면서, 남자의 손이 더듬는 게 중학생이라는 것을 확인하고 나는 붐비는 차 안의 틈새를 누비듯이 움직였다. 나와 그 남자와 여학생 외에 눈치를 챈 사람은 없었다.

여학생을 더듬는 남자의 왼쪽 손목을 뒤쪽에서 천천히 왼손으로 잡았다. 남자의 다양한 근육이 갑작스럽게 깨어나고 격렬한 자극 끝에 스르르 힘이 빠지는 게 느껴졌다. 손목을 잡으면서 검지로 그의 손목시계를 고정하고 엄지손가락으로 시곗줄의 고리를 풀어 내 소매에 넣었다. 양복 오른쪽 안주머니의 지갑을 오른쪽 손가락 사이에 끼우고, 그의 몸에 닿을 가능성이 감지되어서 움직임을 바꿔 그의 양복과 와이셔츠 틈새에 지갑을 떨어뜨려 아래에서 받치고 있던 왼손으로 잡았다. 삼십대 후반, 회사원. 반지의 위치와 종류로 보아 기혼자일 것이다. 나는 다시 이번에는 오른손으로 그의 팔을 잡았다. 얼굴빛이 핼쑥해진 남자가 차에 흔들리는 겨를에 머리를 젖혀 나를 밀치려고 했다. 여학생이 뒤쪽의 변화를 깨닫고 돌아볼까 말까 망설이는지 고개가 움찔거렸다. 차 안은 조용했다. 남자는 내게, 혹은 세계에 변명이라도 하려는 듯이 입을 뻐끔거렸다. 그는 지금 악의를 가진 무언가에 의해 그 존재가 머리 위에서 쏟아지는 환한 불빛의 조명을 받은 것 같았다. 남자는 소리칠 준비를 하듯이 목젖을 파르르 떨었다. 이마와 뺨에서 땀이 떨어지고 크게 뜬 눈의 초점이 애매했다. 아마 나도 소매치기 현장에서 붙잡힌다면 이 남자와 똑같은 표정을 보일지도 모른다. 나는 팔의 힘을 풀고 입만 움직여 '도망쳐'라는 표시를 했다. 남자는 표정을 일그러뜨린 채, 미처 판단을 내리지 못하고 있었다. 얼굴을 움직여 문 쪽을 가리키자 남자는 팔을 부르르 떨면서 내게 너무 오래 얼굴을 내보였다는 걸 퍼뜩 깨달은 것처럼 앞으로 걸음을 옮겼다. 문이 열리고, 남자는 뛰었다. 그는 인파 속으로 들어가 타인들을 밀어젖히며 버둥거리듯이 계속 움직였다.

차 안에 남은 여학생이 내게로 시선을 던지고 있었다. 나는 몸의 방향을 바꾸며 불쾌한 기분을 억누르려고 했다. 별 흥미도 없는 손목시계를 훔치고 별 관심도 없는 지갑을 훔치고, 그 남자에게 얼굴을 들키고 여학생에게까지 들켰다. 하지만 그 남자가 나를 신고하는 일 따위는 있을 리 없다.

아무래도 기분이 나지 않아 다음 역에서 내렸다. 에스컬레이터에 탔을 때, 부유한 중년 남자의 게게 풀린 표정이 눈에 들어왔지만, 개찰구를 건너 밖으로 나와 역의 지저분한 벽에 몸을 기댔다. 힘이 조금씩 빠져나갔다. 손가락을 주머니 안에서 녹이며, 택시를 잡을까 하고 생각했다.

인기척을 느끼고 뒤를 돌아보자 몸이 가느다란 남자가 내 바로 옆의 벽에 몸을 기대는 참이었다. 브랜드를 알 수 없는 검은 양복에 브랜드를 알 수 없는 검은 가죽구두를 신고 있었다. 다치바나라는 것을 깨닫고 내심 허둥거리는 나 자신을 억누르려고 했다. 예전에는 금빛이던 머리를 지금은 갈색으로 염색하고 있었다. 가느다란 눈으로 나를 지그시 쳐다보며 두툼한 입술을 삐뚜름하게 틀었다. 그것은 웃음처럼도 보였지만 자세한 건 알 수 없다.

"부자들만 노리는 거 아니었냐?"

다치바나는 그렇게 말하고 내 쪽으로 몸을 돌렸다. 다치바나라는 게 그의 본명이 아닐지도 모른다. 하지만 그는 내 본명을 알고 있을 터였다. 어디선가 반드시 또 만날 줄은 알았지만 그때는 내가 찾아낼 거라고 생각해왔다. 온갖 기억이 되살아나는 것 같아 나는 조용히 숨을 들이쉬었다.

"지금도 부자들만 노려."

뭔가 다른 말을 하려고 했는데 그저 의미 없는 답을 돌려주는 것밖에 하지 못했다.

"그거 웃기는 짓이야. 진짜 부자라면 지하철 타겠냐? 우린 악당이니까 그냥 닥치는 대로 훔치면 돼."

"재주 좋구나. 살아 있었어?"

"역시 또 만났지? 아니지, 내가 찾아낸 거다만."

"…… 언제부터?"

"계속. 치한에게서 지갑 빼낼 때부터. 미행하는 거 눈치 못 채서 좀 놀랐다."

내가 걸음을 떼자 그도 걸었다. 철도 육교 아래로 들어가 나는 멈춰 섰다.

"이쪽에는 언제 왔어?"

다치바나는 그렇게 말하고 왜 그런지 진지한 표정으로 나를 보고 있었다.

"최근에. 역시 도쿄가 활동하기 쉬워. …… 이래저래."

"그래도 혼자서는 힘들지? 나 요즘 한가한데 함께할까?"

"됐어. 넌 솜씨도 못 믿겠고 분배도 못 믿겠어."

내 말에 그는 소리 내어 웃고 다시 걷기 시작했다. 목소리를 일부러 크게 내는 웃음은 상대를 불쾌하게 하는 여운이 있다. 그는 그걸 자각하고 있을 텐데도 그만두지 않았다. 철도 육교 밑을 빠져나가자 거대한 백화점이며 빌딩 구조물이 등 뒤에서 나를 내려다보는 것 같았다. 목덜미가 파르르 떨리고, 문득 깨닫고 보니 나는 콘크리트 틈으로 삐죽 튀어나온 힘없는 풀만 계속 바라보고 있었다. 다치바나가 멈춰 서서 철조망에 몸을 기대고 담배에 불을 붙였다.

"물론 난 솜씨가 뛰어난 건 아냐. 원래 중학생 때 슬쩍 쌔비던 정도의 감각으로 놀이 삼아 하는 것뿐이니까. …… 너나 이시카와처럼은 못해. 네가 빼내서 이시카와에게 주면 놈은 알맹이만 뽑아내고 다시 주인의 주머니에 넣어줬지? 게다가 삼분의 이만 빼내고. 그러니 당한 놈은 눈치도 못 채고, 눈치챈 뒤에도 신고를 못 하지. 역할 분담도 위치에 따라 번갈아가며 바꿨어. 눈빛으로 신호를 보내고……. 나는 그냥 구경만 했지. 하지만 요즘 세상에 소매치기 전문으로 활동하는 놈은 별로 없어. 요즘도 이 일 저 일 전전하냐? 부업이라면 전처럼 빈집털이 프로 그룹이나 약 판매책을 하는 게 더 좋잖아? 결국 소매치기가 본업이 됐어?"

그가 하는 말의 내용 때문에 가까이 다가가지 않을 수 없었다.

"내가 판매한 약은 가짜 물건이었어. …… 넌 요즘 뭐해?"

"사채업은 완전히 금지되어버렸고, 입금사기로 젊은 놈 몇 명 거느리고 있었지. 근데 요즘은 주식이야. 중개인이지만."

"주식?"

"나도 이젠 별이 달린 몸이거든. 야쿠자 자금 맡아다가 사람 써서 운용하고 있어. 그자들의 정보, 보통이 아냐. 한마디로 인사이더야. 요즘 그런 게 널려 있어."

그는 그렇게 말하고 꽁초를 내던졌다.

"너보다 훨씬 많이 벌 거다. 내 일거리, 좀 나눠줘도 되는데. 이 근처 노숙자에게 너저분한 아파트 제공하는 거야. 그걸로 계좌 몇 개 만들라고 해서……."

"난 관심 없어."

"너희, 진짜 기분 나쁘더라. 이시카와도 그렇고……. 대체 뭘 원하는 거냐?"

나는 입을 다물었다.

"…… 그래서, 그 이시카와가 어떻게 됐는지는 안 물어보냐?"

다치바나는 나를 보고 있었다. 심장의 고동이 조금씩 빨라졌다.

"알고 있어?"

"몰라."

다치바나는 그렇게 말하고 웃었다. 머리 위의 햇빛이 거슬려서 견딜 수가 없었다.

"근데, 아마 그걸 거야. 틀림없어. 진짜 기분 나빴어. 어마어마한 범죄도 그렇게까지 완벽하면 으스스하잖냐……. 그때 일로 아무튼 탈이 났어. 한 가지 알려주겠는데, 도쿄에서 떠나는 게 좋아. 특히 이 주변은."

"왜?"

"그게 말이지, 아무래도 또 뭔가 꾸미는 거 같아."

다치바나와 눈이 마주치고, 그 시선을 어떻게 해야 좋을지 몰라 땅바닥을 보았다.

"또 휘말려들기 전에 사라지는 게 좋아."

"너는?"

"난 됐어. 그자가 뭔가 꾸민다면 오히려 돈이 들어올 테니까. 원래부터 이런 식으로 살았어. 이제 와서 새삼스럽게 보신 따위는 할 생각도 없다."

　그가 그렇게 말하고 웃었기 때문에 나도 웃었다. 너무 길게 말했다는 걸 문득 깨달은 듯이 그는 가볍게 손을 치켜들더니, 사거리로 꺾어져 사라졌다. 저만치에서 부유한 차림새의 키 큰 남자를 발견했지만, 기분이 나지 않았다. 주위 건물들이 신경 쓰여서 나는 다시 철도 육교 아래로 들어갔다. 부패한 도시락 용기에 자체적으로 생겨난 탁한 물이 고여 있었다. 왠지 그 물이 불쾌하고 따뜻하다고 생각했다.

3

잠들지 못한 채 침대 위에서 눈을 떴다.

허름한 아파트의 얇은 창문을 두드리는 빗발이 덜컹덜
컹 불쾌한 소리를 냈다. 위층에서 중저음의 리듬이 울리고
그것은 간간이 멈췄다가 다시 울리며 여간해서는 끝나지
않았다. 나는 이곳 일층의 내 방을 계속 의식하고 있었다.
비는, 당연한 일이지만, 이 방 주위의 광대한 범위를 아득
한 상공에서부터 적시고 있는 거라고 생각했다.

위층에서 들려오던 중저음이 사라지고 빗소리만 울렸
다. 소리가 좀체 다시 시작되지 않아서 위층 사람이 잠들

었나 보다고 생각했다. 나만 남겨진 듯한 마음이 들어 담배에 불을 붙였지만 재떨이에 아직 피우던 담배가 있다는 걸 알았다. 파이프 침대와 옷장과 다리미대만 있는 이 방에 볼만한 것이라고는 없었다. 찢겨진 다다미 바닥의 상처 틈새로, 꿰매 넣은 합성섬유가 말뚝처럼 튀어나와 있었다. 나는 내 기다란 손가락을 바라보며 오므렸다 폈다 하는 동작을 계속했다. 내가 거의 양손잡이라는 걸 깨달은 게 언제쯤이었던가. 생각해봤지만 제대로 생각나지 않았다. 그건 처음부터였던 것 같기도 하고 차츰차츰 그렇게 되었던 것 같기도 하다.

비는 밖에 나가는 선택을 거부하듯이 하염없이 내렸다. 하늘의 구름이 거대하다는 생각을 하고, 내가 지금 있는 이 공간을 생각했다. 저항하듯이 담뱃갑을 움켜쥐고 양말을 신고 얇은 문짝을 열고 밖으로 나왔다. 비는 녹슨 아파트 기둥을 적시고 사체처럼 쓰러진 자전거를 적시고 추운 공기를 더욱 춥게 만들고 있었다.

비스듬히 기울어진 도로 표지판 모퉁이를 돌아 계단이 녹슬어버린 공장 옆을 걸어 허름한 공동주택이 줄줄이 들어찬 앞쪽의 T 자로를 왼쪽으로 꺾어 들어갔다. 속도를 올린 자동차가 내 쪽으로 덮쳐들고 있었다. 피해야 하는 건 자동차 쪽이라고 생각하고 몸을 가까이 대자 운전자는 겁을 먹고 시원찮은 핸들을 꺾었다. 전봇대 몇 개쯤을 건너 저 먼 곳에 거대한 철탑이 계속 비를 맞고 있었다. 나는 시선을 돌렸지만, 당연하게도 그건 내가 쳐다보지 않아도 그곳에 존재한다는 생각이 들었다.

역에 도착하자 손님 없는 택시 한 대가 비를 맞고 있었다. 운전기사는 나른하게 앞을 바라보며 뭔가에 사로잡힌 듯 시선을 움직이지 않았다. 역 계단을 올라가 우산을 접었다. 추위와 비를 피해 바닥에 드러누운 노숙자가 이쪽으로 시선을 던지고 있었다. 이 시간에 노숙자로서 이 자리에 존재하기로 미리 정해진 것처럼 그의 모습은 잘 어울렸다. 남자의 눈매가 이시카와를 닮았다는 생각이 들어 가슴이 술렁였지만 나이도 얼굴 생김새도 다른 사람이었다. 노숙자의 시선은 그러나 나를 비껴갔다. 걸어가는 내 바로 뒤쪽을, 그곳에 뭔가 있는 것처럼 하염없이 보고 있었다. 기분을 돌리기 위해 담배에 불을 붙이고 철도 건너편으로 이어진 낡은 계단을 내려갔다.

편의점에 들어가 담배와 캔 커피를 샀다. 내가 내준 돈을 받아들고 점원은 "고맙습니다!"라고 미친놈처럼 큰 소리를 냈다. 그 돈은 어제 치한의 주머니에서 빼온 것이지만 그 이전의 소유자는 알 수 없다. 돈은 각자 인생의 순간순간을 지켜보고 있는 거라고 생각했다. 살인의 장면이 있었을지도 모른다. 그 살인자에게서 어딘가의 점원에게로 건너가고 또한 어딘가의 착한 사람에게로 건너갔을지도 모른다.

편의점에서 나오자 무수한 빗방울에 내가 서서히 파묻히는 것 같았다. 두툼하고 거대한 구름이 위에서 덮치는 것 같아 점점 심장의 고동이 빨라져서 나는 주머니 속에서 손가락을 꼼지락거렸다. 지금부터 택시를 잡아타고 번화가에 나가 길거리에 남아 있는 사람들의 주머니에 손을 집어넣는 것을 상상했다. 북적이는 사람들 속에 나 자신을 놓고 연달아, 가능한 한 빠르고 정확하게 손을 계속 움직인다―. 비는 내리고 심장의 고동은 가라앉는 일이 없고 나는 번화가로 나가는 수밖에 없다고 생각했지만 어떻게든 기분을 가라앉히려고 했다. 다시 한 번 역 계단을 올라가 뒤에서 집요하게 따라오는 발소리는 반향일 뿐이라고 생각하며 담배에 불을 붙였다. 노숙자는 사라지고 없었다. 심장이 둔하고 무겁게 맥을 치고, 나는 역구내를 통과하여 다시 계단을 내려왔다. 눈앞의 로터리에서 레인코트를 입은 남자가 비에 젖고, 지나가던 하얀 차의 헤드라이트가 안개비에 반사되어 날카로운 금빛 물방울을 띄워 올렸다. 비에 그런 날카로움이 내포되어 있었나 하고 생각했다. 조금 전의 노숙자가 이쪽에 와서 누워 있는 모습을 발견했지만, 레인코트를 입은 남자의 모습은 그새 사라지고 없었다.

나는 다시 뒤를 돌아보려는 나 자신을 가로막으며, 밖에 나올 일이 아니었다고 생각했다. 여기서는 보이지 않는 철탑을 느끼고 언제까지고 내리는 비를 느끼고 그것을 쏟아 내리는 거대한 구름과 그 아래를 걷고 있는 나 자신을 의식했다.

4

"십억 엔 가진 놈에게서 십만 엔쯤 훔쳐봤자 그건 거의 제
로에 가까워."

이시카와는 곧잘 그런 말을 했다. 부유한 자의 돈을 훔
쳐내는 것을 기쁨으로 여겼고 나도 거기에 동조했다. 그는
지갑을 훔쳤지만 그다지 돈에 집착하는 일 없이 훔쳐온 돈
은 대부분 그날 안으로 다 써버렸다.

"하지만 악이라는 건 틀림없어."

내가 그렇게 말했더니 그는 고개를 끄덕였지만 미소를
띤 채 대화를 계속하려고 했다. 노상 들락거리던 오래된

바의 좁은 한 칸에서 우리는 이야기했다. 그 가게의 주인은 예전에는 폭력단 조직원이었지만 자신의 과거를 자세히 말하는 일은 없었다. 몸이 약간 기우뚱하게 굽었고 팔다리가 가늘고 나이도 짐작할 수 없었다.

"하지만 소유라는 개념이 없으면 당연히 절도라는 개념도 없는 게 맞잖아? 이 세상에 단 한 사람이라도 굶주리는 아이가 있다면 모든 소유는 죄야."

"하지만 그걸로 우리를 긍정하는 건 잘못이야."

"긍정하진 않아. 다만 나는 말이지, 자신이 착한 사람이라고 처음부터 딱 믿고 있는 놈이 싫다는 거야."

이시카와는 어떤 간단한 방법으로 단번에 엄청난 돈을 소매치기한 적이 있었다.

회원제 클럽에 현금을 다발로 들고 찾아온다는 노인의 이야기를 듣고 이시카와는 그 노인과 똑같은 가방을 준비했다. 노인은 어느 종교법인의 이사였다. 여자들에게 돈 자랑하기를 좋아했고, 종교 집회가 끝날 때마다 한껏 흥분한 기분을 주체하지 못하는 듯 비서들을 데리고 나와 그 클럽의 여자들과 잤다. 노인은 비쩍 마르고 눈이 툭 튀어

나오고 잇몸을 내보이며 웃는 버릇이 있었다. 이시카와는 노인이 클럽에 오기를 기다렸다가 그가 차에서 내려서는 순간, 가방을 든 비서와 부딪치며 그의 가방을 자신의 코트 안에 넣고 그 대신 종이더미를 채운 가방을 떨어뜨렸다. 노인은 가방을 주워 들었고 사과하는 이시카와에게 한바탕 고함을 지른 뒤에 그 클럽이 들어 있는 회색 빌딩 안으로 비서들과 함께 사라졌다. 가방에는 천만 엔이 들어 있었다.

"천만 엔이라는 딱 떨어지는 액수를 좋아했던 모양이지? 아니, 그 사람도 원래부터 나쁜 놈은 아냐. 사실은 그 종교가 공식적으로 발표한 것처럼 수단에 학교를 만들고 난민을 돌봐주고 싶었겠지. 무의식에서는. 그래서 나는 그의 무의식에 약간의 도움을 줬을 뿐이야."

이시카와는 어린애처럼 가느다란 실눈을 그리며 웃었다.

"그런 나라에는 태어나자마자 죽는 아기들이 엄청 많아. 단지 그곳에서 태어났다는 이유만으로. 저항할 틈도 없이 픽픽 쓰러져 죽는 거야. 빼빼 말라버린 몸뚱이에 파리가 다닥다닥 붙다니, 난 그런 건 진짜 싫다.”

정말인지 아닌지는 모르지만, 이시카와는 백만 엔은 협력자였던 그 클럽의 국적을 알 수 없는 여자에게 건네주고, 다시 백만 엔은 그날 안으로 써버렸고, 나머지는 모두 해외의 어느 NPO 단체에 보냈다. 그 NPO에서 자신의 옛날 여자가 일하고 있다고 그때 이시카와는 말했다.

이시카와는 원래부터 손기술이 뛰어나고 말도 잘하고 예전에는 돈이 필요할 때만 소매치기를 하면서, 다양한 직업을 전전하다가 나와 만나기 직전에는 어느 유명한 투자사기 그룹에 있었다.

“나 자신이 사람들 속으로 사라져 스르륵 빠져나갈 때, 특수한 느낌이 있어. 시간에는 농담(濃淡)이 있거든. 도박이라든가 투자사기가 이루어질 때의 긴장감도 그래. 법을 뛰어넘는 순간, 야쿠자의 여자라든가 아무튼 했다가는 재미없는 여자와 자는 순간, 그런 때……. 의식이 활성화되어 스르륵 스며들기도 하고, 정말 너무 기막힌 느낌이야. 그런 농후한 시간은 그 인간에게 재현을 원하는 법이야. 또 하나의 인격을 가진 것처럼. 그리고 그 감각을, 또 그 감각을, 이라고 내게 요구해……. 하긴 뭐, 난 소매치기가 가장 흥분되더라만."

이시카와는 투자사기 건으로 체포 영장이 떨어지자 필리핀으로 도망쳤고 파키스탄과 케냐까지 도망쳤다. 하지만 돌아왔을 때, 그에게는 어느 사망자의 신분이 주어졌다. 새 면허증과 여권과 주민증을 입수하여 그는 표면적으로는 자유를 얻었다.

"나는 파키스탄에서 죽은 걸로 되어 있어. 그래서 요즘 내 이름은 신미(新美)야. 너를 만났을 때는 이미 그 이름이었다는 거지. 얘기가 좀 복잡하다만. 자세한 건 말할 수 없어. 듣지 않는 게 신상에 좋은 일도 있거든."

그는 그 듣지 않는 게 좋은 일 쪽의 요구에 따라 월요일부터 금요일까지 자기 말고는 아무도 없는 사무실에서 전화 당번을 하고 있었다. 이따금 걸려오는 전화에 아마도 가공일 터인 회사 이름을 대고 우편물을 받고 극히 드물게 찾아오는 공무원 같은 남자의 접대도 했다. 나와 함께 시내에 소매치기를 하러 나오는 건 대개는 토요일과 일요일로 한정되어 있었다.

이시카와의 부탁으로 나도 그 사무실에 몇 번 찾아가 함께 시간을 때우며 논 적이 있었다. 거기서 나는 그자를 처음으로 보았다. 사무실 문이 갑작스럽게 열리고, 놀라서 돌아본 내 앞에 그자가 있었다. 그자는 들어서자마자 사무실 전기를 끄고 말없이 실내를 둘러보았다. 처음 본 순간, 왠지 나는 이곳에 오지 말았어야 한다는 생각이 들었다. 어둠 속에서 그자는 아무 말도 하지 않고 사무실 안으로 걸어 들어왔다.

그자는 검은 머리에 선글라스를 쓴 무슨 브로커 같은 모습이었지만 왜 그런지 나이를 가늠할 수 없었다. 삼십대처럼도 보이고 오십대처럼도 보였다. 커튼 너머로 들어오는 희미한 빛을 받아 그자의 그림자가 사무실 벽으로 길게 뻗어나갔다. 그림자는, 당연한 일이지만 그자가 움직일 때마다 움직였고, 그자의 구두 소리가 기묘할 만큼 주위에 울렸다. 그자는 이시카와를 쳐다보면서 금고를 열고 안에서 천만 엔 정도의 돈을 꺼내 아무렇게나 가방에 넣었다. 그리고 내게 시선을 던지고 왜 그런지 빤히 바라본 뒤에 "너하고는 다시 만나기로 결심했어"라고 중얼거렸다.

나는 무슨 소리인지 알지 못한 채 그저 그자를 바라보았을 뿐이다. 그자가 돌아간 뒤에 하지만 이시카와는 내가 입을 여는 것을 피하려는 듯이 소매치기 이야기를 계속했다.

“…… 소매치기를 하다가 딱 한 번 지겨웠던 적이 있어. 그거, 불꽃놀이 하던 때야. 그 인파 속에 극히 드물지만 상당한 부자들이 섞여 있잖아.”

나는 이시카와의 상태를 보고 그자에 대해 질문하는 건 관두었다. 아마도 방금 왔던 남자는 질문하지 않는 게 좋은 영역의 사람일 거라고 생각했다. 나는 그자의 존재를 내 안에서 지우려고 했지만 잘되지 않았다.

“…… 애인하고 몰래 호텔에서 편안히 구경하다가 여자가 아래 가서 야키소바 먹고 싶다느니 함께 걷고 싶다느니 자꾸 졸라대는 통에 내려온 그런 중년 아저씨 말이야. …… 어렸을 때부터 나는 불꽃놀이가 좋았어. 가난한 사람에게 공짜로 보여주는 최고의 오락이거든. …… 모든 인간에게 동등하게, 그 불꽃은 하늘을 향해 튀어 올라가.”

이시카와는 때때로 무방비로 여겨질 만큼 천진한 표정

을 내보이는 일이 있었다. 하지만 그자의 여운이 감도는 사무실에서 그때 이시카와의 시선은 자꾸만 허우적거렸다.

"사실 참 아름다워. 그건 인생의, 이 세상의 아름다움 중의 하나야. 하지만 우리는 그 아름다움을 이용해서 우리의 목적을 달성하지. 사람들이 불꽃의 아름다움에 흠뻑 빠져 있을 때, 우리만은 그 아름다움을 보는 대신 그들의 주머니를 보고 있어. 그게 좀 뭐랄까…… 지겨웠어."

그때 이시카와는 그렇게 말했지만, 내게는 그의 움직임 하나하나가 사람을 흠뻑 빠지게 할 만큼 매력적인 것으로 비쳤다. 세 개의 손가락 사이에 지갑을 끼워 뒷손으로 내게 건네고, 내가 안에 든 것을 빼내 다시 그에게 건넸을 때는 벌써 또 다른 지갑을 뽑아내고 내게서 받은 지갑은 상대에게 시선을 향하지 않은 채 팔을 맞대면서 다시 주인의 주머니에 돌려준다—. 내 눈에 그의 움직임은 바로 인생의 아름다움 중의 하나였다. 그때 나는 그 아름다움이 내 눈앞에서 사라지리라는 건 생각하지 못했다.

5

밖에 나오자 비는 그쳐 있었다. 나는 옆에 서 있던 자전거 바구니에 우산을 버렸다. 코트 버튼을 채우고, 왜 그런지 뒤를 줄줄 따라오는 고양이를 무시하고 슈퍼에 들어갔다.

매장 안의 온도가 높아서 나는 땀을 흘렸다. 다치바나의 모습을 찾다가 있을 리 없다고 생각하며 한숨을 내쉬는데 점원이 내게 시선을 던지고 있었다. 달걀과 햄과 빵을 바구니에 넣고 미네랄워터를 집어 들고 계산대로 향했다.

왜 도쿄에 돌아왔는가, 나는 생각을 굴렸다. 규모가 크고 강력했던 그 사건이 있은 뒤에 분명 도쿄에 돌아오는 건 위험하다고 감지했다. 이시카와의 소식을 알고 싶었지만 정말로 그것 때문인지는 알 수 없다. 그때의 상황으로 봐서 이시카와는 죽었을 가능성이 높고, 도쿄에 돌아오면 나도 안전하지 못할 터였다.

내 시야에 엄마와 아들의 모습이 들어와서 나는 멈춰 섰다. 푸스스하게 상처 난 갈색 머리칼을 뒤로 올려 묶은 여자가 어린아이에게 슬쩍 무릎을 댔고 그 순간 아이는 들고 있던 유니클로 종이봉투 속에 생선 트레이를 집어넣었다. 안에 타월이 들어 있어서 종이봉투를 흔들자 상품은 타월 밑에 숨겨졌다. 심장의 고동이 흐트러지고 나는 그런 나 자신을 불쾌하게 생각했다. 아이는 엄마의 기대에 부응하려고 진지하게 상품을 훔쳐 넣고 있었다. 그 재빠른 손놀림에는 행여 발각되어 엄마가 죄인이 되는 건 어떻게든 막아야 한다는 확실한 의지 또한 포함된 것처럼 보였다. 파란 반바지 밖으로 삐져나온 다리는 여위었고, 입고 있는 초록색 점퍼는 소매와 주머니가 해어졌다. 경쾌한 음악이 울려 퍼지는 매장 안에서 그들의 존재는 눈에 두드러졌다. 나는 멈춰 선 채로 그 여윈 아이의 옷차림을 계속 바라보았다. 아이의 걸음이 느렸기 때문인지 여자가 아이를 때렸다. 주위 사람들이 돌아보는 가운데, 하지만 어린아이는 웃음 짓고 있었다. 그 아이가 느끼고 있는 건 아마도 수치감일 거라고 생각했다. 나는 엄마에게서 그런 취급을 받는 아이가 아니라고 주위 사람들에게 주장하고, 또한 자신의 엄마도 그런 엄마가 아니라고 부모의 수치까지 감춰주려고 하는 반발적인 웃음처럼 보였다.

문득 깨닫고 보니 나는 그들의 뒤를 밟고 있었다. 여자가 다시 아이에게 무릎을 툭 대자 아이는 곧바로 컵라면을 종이봉투 속에 집어넣었다. 아이의 손놀림은 잽싼 편이지만 엄마의 요구에 응하기에는 그의 종이봉투가 너무 작았다. 감색 코트를 입은 중년 여자가 이 엄마와 아이를 지켜보며 통로 모퉁이로 사라졌다. 소매치기를 잡아내기 위해 슈퍼에서 고용한 직원이 틀림없었다. 아이는 이미 눈치를 챈 것 같았지만 엄마에게 그 말을 하지 못하고 있었다.

나는 그들에게로 다가가 가까이에서 여자를 살펴보았다. 삼십대 중반쯤, 눈이 가늘고 마른 여자였다. 위아래 빨간 추리닝은 새것이지만 샌들이 몹시 지저분했다. 여자는 과자류를 보려고 쪼그려 앉아 손끝으로 상품을 만지작거리며 망설이듯이 입속으로 뭔가 중얼거렸다. 얼굴은 전혀 닮지 않았지만 갑작스럽게 사에코가 생각났다. 여자가 상자에 든 크래커를 들고 아이를 불렀을 때, 나는 여자 옆에 몸을 숙였다. 내가 뭔가 말하려 한다는 것을 깨닫고 얼른 그만두고 일어서려고 했지만, 놀란 듯이 여자가 내 쪽으로 얼굴을 돌렸다. 나는 여자의 표정을 보며 거의 억지로 입을 열었다.

"다 들켰어."

"…… 에?"

여자가 두려움을 분노로 감추려는 듯이 나를 노려보았다. 그 옆에서 멀거니 서 있는 아이는 가느다랗고 비참했다.

"건너편에 있는 감색 코트 입은 아줌마, 슈퍼 직원이야. 완전히 들켰어. 지금은 어디서나 곧바로 경찰서 행이니까 돈 내고 사든지 아니면 모두 제자리에 갖다놓는 게 좋아."

엄마의 요구는 아이가 만들어온 것으로 보이는 종이봉투와 타월의 허용 범위를 크게 뛰어넘고 있었다. 생선 트레이나 고기는 숨겨지지만 불룩한 과자봉지는 귀퉁이가 다 보였다. 나는 계산대로 가서 줄을 섰다. 계산대는 붐볐다. 사람과 사람이 벌레처럼 비비적거리며 땀을 흘리고 있었다.

매장을 나오는 길에 자동판매기에서, 깜빡 잊고 사지 못한 캔 커피를 샀다. 담배에 불을 붙이는데 뒤에서 조금 전의 엄마와 아이가 걸어왔다. 아이는 엄마의 자전거 자물쇠를 풀다가 나를 향해 걸어가는 엄마의 등을 바라보고 있었다.

"당신, 뭐야?"

여자는 한쪽 눈꼬리에 힘을 주어 꾸욱 눈을 감고 한순간 얼굴을 일그러뜨렸다. 여자는 내 앞에서 그 틱 증상의 움직임을 되풀이했다.

"…… 그냥 들켰으니까 들켰다고 말한 것뿐이야."

"나를 바보라고 생각하는 거지?"

여자는 나를 노려보면서 다시 한 번 눈을 꾸욱 감았다.

"나는 자식을 먹여 살려야 해. 날 바보로 봤다면 잘못

봤어."

뒤쪽에서 아이는 현재 엄마의 분노가 어느 정도인지 모두 짐작하고 있는 것처럼 보였다. 그 목소리는 뭔가 회로가 어긋난 것처럼 큼직해서 나는 여자의 얼굴을 보며 다시 한 번 사에코를 떠올렸다.

"도저히 용서 못 한다는 말을 들으면 기분이 좋을 때가 있어. 일부러 그런 것도 아닌데." 사에코는 내게 그렇게 말한 적이 있다. "내가 다들 싫어하는 일을 했으니까. 내가 싫어하는 짓도 했으니까. 다양한 가치를 짓밟았으니까." 사에코는 뭔가 말할 때, 항상 목소리가 조금 작아졌다.

"바보라고 생각한 적 없어."

나는 자동판매기에서 산 캔 커피를 내밀었다.

"나도 가끔 훔치거든. 그냥 들켰으니까 가르쳐줬을 뿐이야. 이런 건 고맙다고 해야 할 일인데?"

여자가 눈을 치뜨고 나를 보았다. 사에코는 내게 이런 표정은 보이지 않았다고 생각했다.

"당신 뭐야?"

"뭐든 상관없어."

"일은?"

"안 해."

솔직히 말했지만 여자는 내 차림새를 훑어보았다. 저녁
에 시내에 나가려고 나는 항상 하던 대로 일부러 좋은 옷
을 입고 나왔다.

"그래도 돈은 있는 모양이지? 시간 나면 연락해. 만 엔
이면 되니까."

여자는 그렇게 말하고 명함 한 장을 지갑에서 꺼냈다.
여자의 사진이 박힌, 어떤 클럽 명의의 명함이었다. 클럽
주소와 전화번호는 볼펜으로 지워버리고 휴대전화 번호만
남겨져 있었다.

"나도 화장하면 꽤 괜찮아. 만 엔이면 되니까 연락해."

여자는 아이의 팔을 잡아 짐칸에 태우고 자전거를 끌고
사라졌다. 아이는 나를 돌아보지 않았다.

6

이시카와에게서 그 건에 대한 말을 들었을 때, 우리는 철도 밑을 빠져나가는 지하통로에 있었다. 몇 개의 지갑을 훔쳐내고 바에서 돈을 분배한 뒤에 밖에 나왔지만 이시카와는 나를 보내주려고 하지 않았다. 주차장에 들어가려다 관두고 다시 한참을 걸어 지하통로로 들어갔다. 이따금 자전거가 지나갔지만 심야의 지하통로는 조용했다. 알파벳 낙서 아래 커피 캔이며 부패한 도시락의 잔해가 있었다. 눈앞에 날벌레가 날아다녀서 나는 손을 저어 쫓아가며 안쪽으로 들어갔다. 낮은 천장 아래 모래를 끌고 들어온 우리의 발소리가 희미하게 울렸다. 통로 중앙에는 안에 뭐가 들었는지 알 수 없는 검정색 작은 비닐봉투 두 개가 떨어져 있었다. 발끝으로 툭 건드리자 검은 살덩이 같은 불쾌한 탄력이 느껴졌다.

"좀더 괜찮은 자리에서 말하고 싶었는데. …… 그 바에서도 괜찮았지만 아무래도 바깥이 더 나을 거 같아서."

이시카와는 지하통로 벽에 몸을 기대며 말했다. 그날, 이시카와는 평소보다 술을 많이 마셨다. 내 얼굴을 보고 입을 열려다가 땅바닥을 보며 담배에 불을 붙이고 두 번을 빨았다.

"나, 어떤 회사에 소속되어 있어."

그렇게 말한 이시카와는 내 얼굴을 보지 않았다.

"아니, 회사가 아닐지도 몰라. 아무튼 뭔지 모르는 곳에 소속되어 있어. 아마도."

나는 그 자리에 웅크리고 앉아 담배에 불을 붙였다. 코트 자락이 땅바닥에 닿을 것 같아 접은 다리 사이에 끼워 넣고 등을 벽에 기댔다.

"근데 이대로 가다가는 재미없을 거 같아. 체포되는 정도로는 안 끝나. 어쩌면 죽는 것으로도 안 끝날지 모르겠다. …… 그래서 빠질 필요가 있어. 더 자세한 걸 알기 전에.”

“무슨 얘기야?”

“됐으니까 들어봐.”

지하통로 입구에 한 노숙자가 나타나 우리를 보더니 몸을 질질 끌듯이 느릿느릿 되돌아갔다.

“그간에 아르바이트 삼아 좀 놀았던 걸로 치고 지금 얼른 빠져나오는 게 좋겠더라고. 그래서 도쿄에서 떠나고 싶다고 말했어. 나야 뭐, 원래부터 이렇게 사는 놈이니까 그쪽 사정을 경찰에 불어버릴 리 없다는 건 그쪽에서도 잘 알아. 근데 그자가 그 얘기를 들었어. 조무래기 한 명 그만두는 선에서 끝날 일이었는데.”

“누구?”

“네가 전에 사무실에서 만났던 사람. …… 이름이 ‘기자키’라는데, 아마 본명은 아닐 거야. 그 회사인지 뭔지 모르는 곳의 톱이야.”

나는 희미하게 가슴이 술렁였다.

"빠져도 좋은데, 이번 일만은 참가하라는 거야. …… 내 위조 여권이니 뭐니, 이번 일만 잘 끝내면 다 없던 일로 해준대. 그자가 기분이 좋아서 그렇게 해준다나? 분배금도 준대. 평생 어딘가에서 자기에게 감사하면서 살라고."

"뭘 하는 건데?"

"…… 강도."

나는 슬그머니 힘이 빠졌다.

"뭐야, 그게?"

"아냐, 정확히 말하면 서류도 몇 가지 있는 모양이야. 상대는 투자가 노인인데, 강도 사건으로 위장해서 돈과 함께 그 서류를 빼내려는 거 같아. 무리한 짓이지만 그런 놈들이 초조하게 움직일 때는 대개 강제적이야."

"어떤 서류?"

"그건 나도 몰라."

나는 담배꽁초를 도랑에 버리고, 일어섰다.

"그거, 아무래도 이상하다. 안 하는 게 좋겠어."

"그래서 말인데, 지금부터가 본격적인 얘기야."

이시카와가 가만히 숨을 들이쉬었다. 깜빡거리던 통로

의 조명 하나가 그만 포기한 듯 켜지지 않았다.

“너도 참가하래. …… 너를 그자가 알고 있었어.”

“뭐라고?”

“너, 옛날에 다나베가 하던 그룹에서 일했지?”

심장의 고동이 조금씩 빨라져갔다.

“거기는 모두 위에서 정보를 받아다가 빈집털이를 했던 거였어. 부잣집의 열쇠 종류라든가 금고가 있는지 없는지……. 이 근처에서 대충 작업하는 그룹과는 차원이 달라. 완전한 프로야. 분배금의 몇 퍼센트쯤은 그 위쪽 정보원에게 처넣었어. …… 그 정보원이 그자의 부하의 다시 부하와 관계되는 놈이었어. 그래서 그자가 너를 알고 있었어.”

“…… 그 사람, 누군데?”

“몰라. 사업하는 야쿠자인 줄 알았는데 아무래도 그게 아닌 거 같아. 뭐라고 할까, 아무튼 괴상한 인간이야. 엄청. 말도 잘하고 잘 웃고, 소문으로는 이따금 사람도 죽인다더라.”

정장을 입은 젊은 남자가 뭔가 중얼거리며 지하통로 입

구 쪽에서 걸어왔다. 우리를 알아보고는 입을 꾹 다물고 빠른 걸음으로 지나쳐 건너편으로 사라졌다. 남자 뒤편의 흐트러진 공기 속에서 진한 술 냄새가 풍겼다.

"…… 도망치는 건?"

"어려워. 그자한테서 도망치다가 죽은 놈이 꽤 많은 모양이야. 하지만 절차는 정확히 지킨다는 얘기는 들었어. 그런 거 보면 어딘지 야쿠자하고 비슷하지."

"…… 그런 사람, 못 믿겠다."

머리 위로 열차가 지나갔다. 나는 화물차일 거라고 생각했다. 긴장하고 있는 내 깊은 곳에서 욱신거리는 듯한 열기를 느꼈다. 그 열기는 내 안에 확실하게 존재하고, 내 의식은 이윽고 그것만 느끼기 시작할 거라고 생각했다. 눈앞에서 탑을 보았을 때, 너저분한 검은 비닐이 어둠 속에서 윤곽을 지니고 떠올랐다. 나는 그 비참한 살덩어리 같은 쓰레기를 계속 보고 있었다.

"근데 강도라면 살인도 해야 하잖아. 나는 살인은……."

"아니, 그런 건 없어."

"왜?"

"경찰에 불려가는 건 피하려는 눈치야. 강도가 들어도 그 노인은 경찰에 신고를 못 할 처지거든. 세금 안 내려고 꿍쳐둔 돈인 데다 그 서류도 경찰에 알려지면 별로 재미없는 모양이야. 하지만 우리가 거기서 노인네를 죽였다가는 틀림없이 철창신세를 지게 돼."

"그래도 뭔가 이상한데."

말은 그렇게 했지만 내 마음은 이미 그 일을 받아들였다. 내 안에는 그때 확실히 욱신거리는 듯한 열기가 있었다.

나 혼자 도망쳐버리면 이시카와에게 피해가 간다는 것보다, 뭔지 모를 불온한 방향으로 흘러가는 분위기에 휩쓸린 것이었다. 당시 나는 선택이 눈앞에 닥칠 때마다 정지보다는 움직이는 쪽을, 그리고 이 세계에서 벗어나는 쪽을 택했다. 이시카와의 뒤를 따라 걸으며 시간이 내 주위에서 빽빽한 밀도를 품고, 뭔가 미지근하고 탄력 있는 것이 내 몸을 밀어주는 듯한 느낌이 들었다. 사에코의 모습을 머릿속에 떠올렸고, 지하통로를 나왔을 때는 지금까지 깨닫지 못했던 철탑이 있었다. 그것은 윗부분을 차가운 하늘에 드러내고 밤 가운데 계속 서 있었다.

역에서 만났을 때, 이시카와는 다치바나를 데리고 나왔
다. 그와 이시카와가 원래 어떤 관계인지는 잘 모르겠지
만, 이따금 우리 소매치기 현장에 따라와 유쾌한 듯 바라
보던 사람이었다. 우리는 아무 말 없이, 이시카와가 항상
혼자 지키고 있던 사무실로 들어갔다.

사무실에는 이미 책상도 의자도 없어서 넓은 마룻바닥
이 그대로 드러나 있었다. 우리가 바닥에 앉자 곧바로 세
명의 남자가 들어왔다. 뒤를 밟은 듯한 타이밍이어서 내가
조금씩 긴장하고 있다는 것을 깨달았다. 이시카와는 그들
을 알지 못하는 것 같았다. 그들은 세 개의 트렁크를 들고
왔고, 이사 작업이라도 하듯이 그것을 아무렇게나 방구석
에 내려놓았다.

"너희냐?"

가장 키가 큰 남자가 바닥에 앉으면서 컬컬한 목소리를
냈다. 사십대 중반쯤의 나이로 보였지만 얼굴에 기묘한 주
름이 뒤덮여서 판단하기가 어려웠다.

"아닌 게 아니라 얼간이 짓은 안 할 것 같군. 다들 얼굴이 정상이 아니네."

페트병을 던져줘서 나는 잠시 망설였지만 다치바나는 그들의 얼굴을 바라보며 물을 마시기 시작했다. 다른 두 명은 서른 살 남짓한 나이에 평범한 몸집과 중키의 남자들로, 키 큰 남자와 마찬가지로 얼굴에 주름이 많고, 빡빡머리와 스포츠머리, 그리고 똑같이 지저분한 점퍼를 입고 있었다.

"오늘 그 건에 대해 설명해줄 건데, 움직이는 것도 오늘이야. 괜히 겁이 나서 어딘가에 불어버리면 곤란하거든. 뭐, 갑작스럽긴 하다만 단단히 각오해라. 오백만 엔씩 준다. 불만 없지?"

분배금이 이해할 수 없이 많았다. 이시카와를 돌아봤지만 그는 반응을 보이지 않았고 다치바나도 마찬가지였다. 나는 말하는 남자를 지켜보며 침묵하기로 했다.

"신미에게서 대충 들었겠지만, 가장 주의할 건 작업하는 동안에 신미 외에 너희는 단 한 마디도 지껄여서는 안 된다는 거야."

키 큰 남자가 그렇게 말했을 때, 문이 열리고 그자가 들어왔다. 나도 내심 놀랐지만 세 남자도 놀란 기색이었다. 그자는 브랜드를 알 수 없는 검은 양복에 선글라스를 끼고 브랜드를 알 수 없는 시계를 왼쪽 손목에 차고 있었다. 목에는 금세 눈에 띄는 보라색 상흔이 있었다. 키 큰 남자가 뭔가 말하려고 하자 그자는 손으로 가로막았다. 그러고는 웃음처럼 얼굴을 일그러뜨리며 말했다.

"오늘 내가 좀 한가하거든."

세 남자는 입을 꾹 다물었다. 내가 쉬는 숨소리가 들려올 만큼 한참이나 침묵이 이어졌다. 그들의 긴장이 전해져오는 것 같아 나는 그 정적 속에서 움직이는 그자를 응시했다. 그자는 주위의 공기에서 온몸이 돌출된 것 같았고, 왜 그런지 시선을 끌었다. 그자에게서 뭔가가 전해오는 것처럼 공기와 맞닿은 피부가 긴장했다. 그자는 우리를 유쾌한 듯이 바라본 뒤에 "나를 만나버렸지?"라고 다치바나를 보며 입술을 틀고 웃었다.

전에 사무실에서 만났을 때와는 전혀 딴사람처럼 보일 만큼 그자는 명랑했다. 다치바나는 태연히 웃음을 지으려고 했지만 땀을 흘리고 있었다.

"이게 상당히 중요한 일이라서 말이야. 아니, 너희를 못 믿겠다는 건 아냐. 너희는 지금까지도 뭐든 우리 요구대로 완벽하게 잘해줬어. 하지만 이번에는 내가 직접 얘기하기로 하지. 오늘 내가 한가하니까."

세 남자는 고개를 끄덕였고, 그런 그들과 우리 사이에 그자는 무방비하게 힘을 빼고 앉았다. 나는 목이 말라서 페트병의 물을 입안에 머금었다. 그자와 우리의 거리는 조금 지나칠 정도로 가까웠다.

"범죄에서 가장 필요한 건 계획이야. 계획 없이 범죄를 저지르는 놈은 멍청하지."

그자는 그렇게 말하고는 왜 그런지 내 얼굴을 보았다.

"하긴 원래 멍청하니까 범죄를 저지르는 거야. 어쩔 수 없어. 근데 반대로, 진짜 우수한 인간도 법 따위는 신경 쓰지 않아. 오히려 법이 없다면 범죄 따위는 재미없는 거야. 어때, 알겠어?"

그자는 여전히 내게서 시선을 돌리지 않았다. 나는 뭐라고 해야 좋을지 몰라 그저 침묵했다.

"그다음은 배짱이야. 『죄와 벌』이라는 소설 알고 있나?
…… 알 리가 없지. 그 라스콜리니코프는 배짱이 없었어."

그자는 몸을 슬쩍 뒤로 젖히더니 뒤에 있던 스포츠머리
의 남자를 몸의 방향을 바꾸지 않고 세게 후려쳤다. 나는
깜짝 놀랐지만 표정을 바꾸지 않도록 의식했다. 스포츠머
리의 남자는 쓰러졌고, 옆으로 넘어진 그 남자의 귀 언저
리를 그자는 연달아 바닥에 내리박듯이 후려쳤다. 딱딱한
소리가 수없이 울리고 나는 의식적으로 조용히 숨을 들이
쉬면서, 왜 그런지 몸을 움직이지 않는 게 좋다고 생각했
다.

"…… 느닷없이 이런 장면을 봐도 놀라지 않도록 해."

얻어맞은 스포츠머리의 남자는 천천히 몸을 일으키고
얼굴이 조금 부은 채 다시 정좌 자세로 돌아가려고 했다.
이쪽으로 몸을 돌린 그자의 표정은 변함이 없었지만 입에
서는 약간 불규칙한 호흡이 새어 나왔다. 그것은 때리는
데서 생긴 호흡의 흐트러짐이라기보다 희미한 기쁨의 여
운처럼 느껴져서 나는 시선을 피했다.

"자, 간단히 설명한다. 미리 들은 소리라면 좀 미안하다

만, 우선 너희 둘은 단 한 마디도 지껄이지 마. 오늘 들어
갈 곳은 투자가 노인네의 집이야. 그 노인네는 이 세계에
자동적으로 태어나는 돼지의 표본 같은 인간이지."

나는 스포츠머리의 남자를 다시 한 번 쳐다봤지만 자칫
눈이 마주칠 것 같아서 시선을 어디에 두어야 할지 허둥거
렸다. 폭력의 여운 속에서 그자의 목소리는 윤곽이 뚜렷해
졌고 약간 나지막했다. 안에 와이셔츠를 입고 있었지만 그
브랜드도 알 수 없었다.

"차로 갈 테니까 장소는 알 거 없다만, 집 안 구조는 미
리 머릿속에 넣어둬. 상당히 넓다."

그자의 말이 끝나자 키 큰 남자가 지도를 꺼냈다. 그 손
은 희미하게 떨리고 있었다. 그자가 이 자리에 찾아온 것
을 그들은 아직 제대로 이해하지 못하고 있는 것 같았다.
얻어맞은 남자도, 또 한 명의 빡빡머리 남자도 굳어버린
듯 꿈쩍도 하지 않았다. 그저 땀만 흘리면서 남자들은 그
자의 등을 물끄러미 보고 있었다.

"이 집에는 그 투자자 노인네하고 여자 하나가 살고 있
다. 그 여자는 노인네의 가정부 겸 애인이야. 노인네의 마

누라는 여기 없어. 즉 모두 합해 두 사람뿐이야. 얼마 전까지 그런 여자가 둘이 더 있었지만 임신을 해서 관뒀어. 여비서도 있었는데 이번 주에는 휴가를 떠나서 일본에 없어."

그자는 말을 이었다.

"너희가 할 일은 이 친구들의 작업을 방해하지 못하게 여자를 위협해서 묶어두는 거야. 즉 보조 역할이지. 협박할 때, 말은 신미 혼자서만 해. 중국인인 척해야 돼. 전에 가르쳐줬지? 너는 강도 짓도 이젠 익숙할 테니까."

그자가 이시카와를 보며 입술을 삐뚜름하게 틀자 이시카와는 슬쩍 고개를 끄덕였다.

"애인으로 들어앉혔을 정도니까 꽤 예쁘장하지만 절대로 이상한 마음은 먹지 마라. 뭐, 너희가 여자한테 굶주려 있을 리는 없다만. 정 하고 싶으면 오백만 엔씩 줄 거니까 나중에 실컷 해. 아, 보수는 오백만 엔이야. 불만 없지?"

그건 두번째로 듣는 얘기였지만 우선 고개를 끄덕이기로 했다.

"이 근처의 조무래기들은 머리가 안 돌아가. 도무지 써먹을 수가 없어. 여자라고는 보기만 하면 앞뒤 분간을 못해. 침 흘리지, 정자 흘리지, 깜빡하면 죽여버리지, 반항하는 여자에게 할퀴어서 손톱에 살점까지 남긴다니까.”

그자의 말에 세 남자가 대답처럼 피식 웃었다.

“분배 때도 당치 않은 욕심을 내. 하지만 너희는 걱정 없을 거 같다. 바보도 아니고, 다나베한테서도 니시무라가 분배금 때문에 시끄럽게 한 적이 없다는 얘기 들었다.”

나는 표정을 바꾸지 않으려고 의식했지만, 땀이 번지는 건 어떻게도 할 수 없었다. 그건 다나베에게도 이시카와에게도 밝힌 적이 없는 내 본명이었다. 나는 이시카와를 쳐다보려고 했지만 시선을 마주칠 수가 없었다. 그자는 다치바나에게로 눈길을 던졌다.

“넌 좀 모르겠는데, 뭐, 괜찮겠지. 야심이 있는 녀석이군. 얼굴 보면 알아. 야심이 있는 놈은 이 정도의 돈에 인생을 허비하는 일은 없어. …… 뭐, 아무튼 그렇단 얘기야. 그 여자의 침실은 여기. 도청기에 의하면 노인네는 여자를 자기 침대로 부르기는 하는데 자신이 직접 여자 침대로 간 적은 없어. 그러니까 너희 세 사람은 집에 들어가자마자 이 방으로 가서 여자를 묶어. 여자가 없으면 곧바로 노인네 방으로 가서 여자를 묶는다. 너희가 노인네를 상대할 필요는 없어. 오로지 이 여자를 묶어두는 일만 생각해. 어떻게든 소리를 지르지 못하게 해. 간단한 일이야.”

그자는 점점 귀찮다는 듯 한숨을 내쉬는 횟수가 많아졌다. 키 큰 남자가 대신하려고 하자 손으로 가로막았다. 그때 그자의 목에 난 보라색 상흔이 큼직하게 보였다.

“실은 재미있어서 미칠 지경이다. 이런 일은 나도 함께 하고 싶을 정도야. 그 투자자 노인네, 세금 떼어먹으려고 금고에 팔천만 엔을 넣어뒀어. 그 밖에 우리한테 필요한 서류가 들어 있지. 이 친구들이 노인네를 협박해서 금고를 열게 할 거야. 그 작업에 너희는 관여할 필요 없어. 가능하면 안 보는 게 바람직하지. …… 하긴 그건 좀 어렵겠다. 아름다운 여자와 마찬가지로 대개의 인간은 돈에도 무의식중에 눈길이 가는 법이지. 협박 무기는 일본도를 쓴다. 권총으로는 리얼리티도 없고 역시 인간을 단시간 내에 협박하는 데는 큼직한 칼이 최고야.

너희가 여자를 묶을 때 쓸 밧줄은 나중에 주겠다. 한 달

전에 어느 중국 강도단이 사용했던 밧줄하고 똑같은 물건이야. 너희가 몸에 걸칠 옷이나 장갑이나 양말도 중국에서가 아니면 살 수 없는 걸로 준비했어. 그중 하나는 실제로 그 강도단의 중국인이 입었던 거야. 재들이 문손잡이에 옷자락 걸려서 찢어지게 할 거니까 섬유가 남게 돼. 게다가 특수 풀페이스 헬멧을 쓸 거라서 속눈썹 하나 떨어질 일 없어. 구두는 바닥을 깎아낸 것과, 마찬가지로 중국인 강도단이 신었던 걸로 동시에 준비할 거야.

그 강도단은 모두 다 신주쿠의 어떤 놈들한테 진즉에 살해되어서 뼈도 안 남았어. 혹시 노인네가 탈세고 뭐고 서류까지 들고 자폭할 생각으로 경찰서에 신고하더라도 경찰은 죽도록 고생해서 그 중국인 강도단을 알아낼 뿐이야. 그놈들은 이미 죽었으니 수사는 더 이상 진척될 리가 없어. 이 세상에 없는 놈들의 범행으로 가장하는 거야. 완전범죄 조건 중의 하나지. 아무튼 살인은 없으니까 안심해라. 살인을 하면 경찰이 본격적으로 덤빌 수 있거든. 수사원의 숫자도 대폭 늘리게 돼. 그런 어리석은 짓은 할 필요 없어. 노인네나 여자는 잘못된 정보를 경찰에 제공하는 도구로서 오히려 살려두는 게 좋아. 무엇보다 노인네는 우리가 그 서류를 노린다는 건 알지도 못해."

그자는 크게 숨을 들이쉬었다.

"발각될 요소는 하나도 없다. 범죄는 완벽하게 성공할 거니까 그 노인네가 이제 몇 시간 뒤면 서류와 현금을 상실한다는 건 이미 이 시점에서 결정된 거나 마찬가지야. 너희들이 얼간이 짓을 해서 증거를 남긴다고 해도 너희와 우리를 이어줄 단서라고는 없어. 이 사무실은 오늘로 폐쇄될 거고, 이 사무실과 우리를 이을 만한 단서도 이미 깨끗이 지웠어. 너희가 혹시 잡혀서 뭔가 불게 되더라도 너희는 누군지도 모르는 놈들에게 협력했다는 말밖에 할 게 없어. 뭐, 그게 사실이지. 그래도 혹시 쓸데없는 소리를 주절거려서 경찰 수사를 도와준다면, 몹시 유감스럽다만 강도죄로는 언젠가 교도소에서 나와야 해. 계속 그 담장 안에 숨어 있을 수는 없지. 좀더 말하자면, 교도소 수형자 중에도 우리 친구들이 있어. 그들을 피해 어찌어찌 몸보신을 하다가 멋지게 출소한다고 해도 너희는 그 즉시 죽게 될 거야. 수상쩍은 남자들에게 끌려가 죽는다든가 하는 게 아니야. 사람들이 붐비는 속에서 갑작스럽게 여자에게 칼에 찔려 죽든지 어디 먼 곳에서 날아온 총알에 죽든지 우연히 엘리베이터에 함께 탄 사람에게 푸욱 찔려 죽든지, 뭐, 그런 식으로 죽을 거야.

한마디로, 너희가 반드시 해야 할 일은 멍청한 짓은 하지 말라는 것, 잡히지 말라는 것, 그리고 고맙게 돈 받아 챙겨서 은밀히 내게 감사하면서 살라는 것, 이상이다."

그자는 입가를 히죽히죽 풀면서 담배에 불을 붙였다. 아무것도 없는 사무실은 금세 고요해져서 키 큰 남자가 페트병의 뚜껑을 여는 소리가 크게 울렸다. 그자가 담배를 빨아들이는 것을 바라보며 나는 어째서 이 방에서 담배를 피우지 않았는지에 대해 생각했다. 스포츠머리 남자의 얼굴이 좀더 부어오른 것처럼 보였다. 다치바나가 슬쩍 숨을 들이쉬고 저항하듯이 입을 열었다. 이시카와는 계속 침묵하고 있었다.

"일단 좀 물어볼 게 있는데요……. 우선 우리가 이용하는 차량은 괜찮은 건지……, 그런 거대한 저택의 열쇠를 어떻게 딸 건지, 그리고…… 분배금은 언제 받을 수 있는지……."

그자는 귀찮다는 듯이 목젖을 울리고 담뱃불을 껐다. 손으로 까딱까딱 신호를 보내자 키 큰 남자가 입을 열었다.

"차는 왜건이다. 도난차인데, 우수한 기술자를 써서 넘버는 바꿔놨어. 검문이 들어와도 내 위조 면허증하고 차는 일치해. 근데 차 넘버를 적어가도 결국 존재하지 않는 차라서 나를 알아낼 일은 없어. 아, 그보다 오늘 어디서 검문이 있는지 이미 다 알고 있어. 과속단속 카메라와 CCTV의 위치도 빠짐없이 파악했고. 아, 그리고 또 뭐였지?"

"열쇠, 아니…… 분배금은 언제……."

"분배금은 일이 다 끝난 뒤에 차에서 준다. 나중에 장소를 지정하는 것보다 너희도 그게 더 마음이 놓일 거야. 그리고 열쇠는 이미 복사키를 준비했다. 그 집, 상당히 복잡한 문이라서 밤중에 소리를 내면서 따기는 어려워."

그자가 자리에서 일어서자 배웅하듯이 세 명의 남자도 일어섰다. 나는 어째서 이 일을 눈앞의 세 남자에게 시키지 않았는지, 어째서 일부러 자기가 직접 나왔는지 물어보고 싶었지만 결국 못 했다.

“잘 들어.” 그자는 그렇게 말했지만 이미 이 일에 흥미가 없어졌는지 맥없는 소리를 냈다. “똑똑히 기억해두는 게 좋아. …… 범죄에도 격이 있어. 아무 계획도 없는 강도질 따위, 정말 바보 같은 짓이야. 분배금은 알량하고 리스크는 크지. 하긴 이 녀석들도 처음에는 그랬어. 하지만 내가 시스템을 제대로 가르쳤어. 경찰의 수사 방법을 꿰뚫고 그걸 역으로 이용하면 꼬리를 밟히지 않을 방법이 저절로 나와. 중요한 건 계획이야. 너희도 뒤에서 슬금슬금 시시한 소매치기나 하는 것보다 머리를 제대로 굴려. …… 당연한 일이다만, 내 명령에 따라 너희는 지금부터 그 노인네의 집에 가게 된다. 작업하는 동안에 모든 행위를 의식하고 즐길 것. 다른 인간들이 인생 속에서 결코 맛볼 수 없는 걸 너희는 맛보는 거야.”

7

밤 한시가 되어 왜건에 올랐다. 안에서 옷을 갈아입었다. 왜 그런지 사이즈가 꼭 맞았다. 몸에 걸쳤더니 씁쓸한 체취가 났다. 남자들이 차 바닥의 시트를 젖히자 판자로 된 검은 뚜껑이 있고 그 안이 비어 있었다.

"일본도는 여기 속에 있어." 키 큰 남자가 바닥의 빈 공간에 옷을 넣으며 말했다. "마약이든 뭐든 다 들어가. 사람을 처넣을 수도 있지."

차 안에서 잠시 기다리고 있으려니 문이 열리고 처음 보는 사람이 운전석에 앉았다. 그는 남자들 쪽으로 슬쩍 고개를 숙이더니 액셀을 밟았다. 좁은 골목을 빠져나와 신호등에서 이따금 멈추며 심야의 거리를 달렸다.

우리는 말없이 담배를 피우고 별 의미도 없이 밖을 내다보았다. 자전거에 탄 남자의 모습을 무심코 눈으로 따라가고, 곁을 달리는 차 안의 중년 부부가 입은 비싼 옷을 바라보았다. 크리스마스가 머지않은 때라서 조명으로 치장한 집들이 눈에 띄었다. 벽을 타고 올라가는 반짝이는 산타클로스 인형이 보이고, 파랑과 초록과 빨강의 알전구가 줄줄이 곳곳의 집들을 빛나게 하고 있었다.

"저 사람은 운전기사야. 우리 내려주면 다시 차 몰고 어딘가로 사라질 거야. 수상한 차량을 집 앞에 계속 세워둘 수는 없으니까. 작업이 무사히 끝나면 휴대전화로 다시 오라고 할 거야. …… 돈 뺏고 내가 손짓을 하면 너희는 이 친구들하고 먼저 차에 와 있어. 나는 노인네하고 여자가 신고하지 못하게 기둥에 묶어놓고 전화선도 끊고, 잠깐 뒤처리 좀 해야 돼. 아무튼 신속한 게 가장 중요해."

건널목을 지나 완만한 언덕길로 조용히 들어섰다. 경쟁하듯이 치장한 집들의 불빛을 지나가자 주위는 서서히 어두워졌다. "저기"라는 말에 시선을 던지자 비교적 새 건물인 듯한 이층집이 보였다. 전체적으로 사각을 강조한 디자인에 거대한 몸집이어서 뭔가 새로 생긴 회사 같은 느낌이었다. 정원은 그리 넓지는 않지만 잔디가 있고 아무렇게나 뽑아온 것처럼 서로 어울리지 않는 나무들이 심어져 있었다.

"노인네의 도쿄 집이야."

키 큰 남자가 말했다. 주위에는 비슷비슷하게 부유한 집들이 늘어섰고 가로등도 도로도 잘 정비되어 있었다.

차 안에서 헬멧을 쓰고 그들과 똑같은 칼집에 든 일본도를 받았다. 그것은 흔히 볼 수 있는 일본도가 아니라 그저 칼날을 무지하게 길고 큼직하게 만들어서 공포심만 조장할 것 같은, 위엄도 정적(靜寂)도 없는 물건이었다. 천천히 차를 움직이면서 남자들은 주위를 살펴본 뒤에 조용히 차를 세우라고 했다.

"우선 나 혼자 가서 현관문을 연다." 초록 점퍼를 입은, 내내 침묵하고 있던 빡빡머리 남자가 작게 말했다. "아무튼 신미 이외의 너희 두 사람은 절대로 말을 하지 마."

빡빡머리 남자는 차에서 내려 칼을 허리 벨트에 꽂고 천천히 대문을 열더니 현관으로 향했다. 그때, 현관 라이트가 켜지는 바람에 나는 허를 찔려 반사적으로 숨을 헉 멈췄다. 남자의 모습이 잔디 정원 한가운데서 무방비로 불빛을 받고 있었다. 다치바나가 뭔가 말하려고 했을 때, 키 큰 남자가 손으로 제지했다.

"저거, 라이트일 뿐이야." 남자는 조용히 말했다. "그냥 켜지는 거야. 이 집에 대해서는 샅샅이 조사했어. 라이트가 뭔가에 연동하는 게 아니야. 근처에 지키는 사람도 없이 불빛만 비춰봤자 아무 의미도 없어. 단순한 방범 상품이지."

빡빡머리 남자가 현관에 열쇠를 꽂고 아주 조금 열어둔 상태에서 이쪽으로 신호를 보냈다. 모두가 차에서 내려 잔디 위의 불빛을 받아가며 검은 줄이 되어 현관까지 진입했다. 예전에 빈집털이 그룹에서 일하던 시절에 느꼈던 갈증 나는 긴장감이 다시 떠올랐다. 우리가 타고 온 왜건이 뒤쪽에서 조용히 움직이기 시작했다. 모두가 현관문을 통해 안에 들어선 것을 확인한 뒤에 키 큰 남자가 천천히 문을 닫았다.

현관 너머로 어두운 복도가 정적 속에 차갑게 이어져 있었다. 구두를 신은 채 타인의 집에 들어서는 그리운 이질감을 생각하면서 다치바나와 이시카와의 뒤를 따라 복도 안쪽 화장실 앞의 여자 방으로 향했다. 노인은 이층 침실에 있을 터였다. 남자들은 천천히 계단을 올라가 어둠 속으로 사라졌다. 우리는 여자를 포박한 후 그 길로 이층 노인의 방까지 데리고 가면 된다.

나뭇결이 있는 문 앞에 서서 숨을 들이쉬었다. 이시카와가 천천히 문을 열고 안으로 들어갔다. 다섯 평 정도의 방 안은 어두웠지만 한쪽 편에 침대가 큼직하게 보였다. 이시카와가 미리 잘라둔 비닐 테이프를 쳐들고 침대로 다가갔다. 혹시 여자가 날뛴다면 이시카와와 다치바나가 덮치고 나는 위협용으로 칼을 내보이기로 했다. 나는 칼집을 움켜쥐고 숨을 멈췄다. 이시카와는 발소리를 죽이는 걸음에 익숙해져 있었다. 잠든 여자의 입을 테이프로 막으려고 했을 때, 다치바나가 뭔가를 밟아서 플라스틱이 깨지는 경질의 소리가 났다. 내가 다치바나 쪽을 돌아보는데 침대에서 낮고 불명확한 여자의 목소리가 들렸다. 이시카와는 여자의 입과 머리를 짓누른 채 귓가에 대고 몇 마디 말을 했다. 여자는 몇 차례 고개를 끄덕였지만 몸이 반사적인 반응처럼 버둥거리고 거친 숨을 희미한 신음 소리와 함께 내쉰 끝에 이윽고 조용해졌다. 이시카와가 침대 맡의 불을 켰고 다치바나는 여자를 자극하지 않게 조용히 칼을 뽑았다. 여자는 그 긴 칼을 보고 이시카와의 팔뚝을 보고 문 앞의 내 모습을 보았다. 거칠게 코로 숨을 들이쉬면서 여자는 이시카와의 재촉을 받고 침대에서 내려섰다. 캐미솔만 입은 여자는 속옷도 입고 있지 않았다. 방 가운데 앉히고 손을 뒤로 돌려 준비한 밧줄로 이시카와가 묶었다.

키가 크고 몸매가 갸날픈 여자는 아름다웠다. 손이 뒤로 묶여서 캐미솔 안의 가슴이 불룩하니 눈에 띄게 들먹거렸다. 공포로 온몸을 꿈틀거리며 긴 다리를 무방비하게 내던지고 있었다. 생명의 위협에 겁을 먹은 여자는 여자인 자신의 몸을 잊고 향수 냄새를 풍기며 몸의 굴곡진 부분들을 무방비로 드러냈다. 공포와 위기 속에서 여자의 몸이 여자의 의지와는 상관없이 생명의 불처럼 모든 것을 끌어들이는 것 같았다. 이시카와는 불빛 앞에서 여자의 팔이 고정되어 있는지 확인하고, 다시 한 번 여자에게 뭔가 중얼거리더니 새로 비닐테이프를 떼어내 입을 막았다. 학대받는 모습의 이 아름다운 여자가 불빛을 받아 주위에서 돌출된 채, 왜 그런지 내 눈으로 뛰어드는 것만 같았다. 사에코의 모습이 자꾸자꾸 떠오르고, 한참이나 여자를 쳐다보고 있었다는 것을 깨닫고 시선을 피했다. 다치바나는 섣불리 여자에게 손을 대려 하지 않았다. 이시카와도 되도록 손을 대지 않으려 한다는 것을 깨달았다. 이시카와가 침대에 있던 수건담요를 여자의 몸에 걸쳐주고, 묶여 있는 팔 부분을 잡아 천천히 일으켰다. 이시카와와 다치바나가 여자를 위와 아래에서 끌고 미는 모양새로 계단을 올라갔다. 점퍼에서 풍기는 누군지 모를 남자의 체취와 뒤섞여 여자의 진한 머리칼 냄새가 났다.

이층 노인의 침실에서 불빛이 새어 나오고 있었다. 사람 목소리가 조그맣게 들려오고, 문을 열자마자 강렬한 불빛이 느껴졌다. 열 평 남짓한 방에 칼을 뽑아든 세 명의 남자와 뒤로 돌려진 팔을 밧줄로 포박당한, 주저앉은 벌레 같은 백발의 노인이 있었다.

"*****, **."

"*********, ****, **."

남자들은 여자를 데려온 우리를 흘끔 쳐다보고 다시 노인에게로 몸을 돌렸다. 남자들은 중국어로 대화를 주고받았고 그 모습을 노인이 눈을 크게 뜬 채 바라보았다. 남자들의 손짓에 응해서 우리도 칼을 뽑았다. 노인은 소리를 내는 일도 없이, 그저 눈을 부자연스럽게 크게 뜬 채로 우리를 응시했다.

"죽이지 않을 테니까 어서 금고 열어."

키 큰 남자는 서툰 일본어라기보다 비교적 일본어를 잘하는 외국인의 미묘한 발음의 차이를 의식하고 있었다.

"목숨만은……."

노인의 목소리는 야생의 새처럼 컬컬하고 탁했다.

"계속 똑같은 소리 하지 마."

"하지만 나를 죽이면 금고는 아무도 못 열어."

노인은 작은 저항을 보였지만, 목소리가 떨리고 땀으로 온몸이 젖어 있었다.

"어느 쪽이든 괜찮다고 리더가 지시했어. 죽여도 되고 죽이지 않아도 돼. 만일 죽이는 쪽을 선택한다면 금고째 신고 가서 공장에서 열면 되니까. 뭐, 어느 쪽이건 상관없어. 귀찮다, 해치워버려."

스포츠머리의 남자가 칼을 들고 아무렇게나 노인에게 다가갔다.

"핏물 튀면 곤란해. 뒤쪽에 서서 목젖을 베."

"알았어."

노인이 신음했다.

"정말로 목숨은……."

"어느 쪽이건 상관없다니까."

"6, 5, 2, 2, 1, *, *, 0, 5."

빡빡머리 남자가 방 한쪽 구석의 선반에 끼워진 은빛 금고 앞에 앉았다. 번호를 누르자 금고가 열렸다. 키 큰 남자가 휴대전화를 들고 중국어로 몇 마디 하고는 금방 끊었다. 금고 안에 있는 것은 애초에 말한 팔천만 엔보다 훨씬 더 많은 금액이었다. 다치바나가 씁쓸하게 웃는 것처럼 목을 울렸다. 키 큰 남자가 하얀 부대를 던져주고 빡빡머리 남자는 묵묵히 그 부대에 돈을 넣었다.

"아, 안 돼, 돈만 가져가."

빡빡머리 남자가 종이더미와 봉투를 집어 들었을 때, 노인이 신음처럼 외쳤다.

"*****."

"…… 뭐?"

"주식이나 권리서도 가져갈 거야."

"아냐. 그건 주식이 아니야. 너희하고는 관계없는 거라니까."

"****, 아니, 우린 글씨 못 읽어. 뭔지 모르겠어."

"정말이야, 너희하고는 관계없는 거야."

"입 닥쳐."

키 큰 남자가 귀찮다는 듯이 빡빡머리 남자에게 신호를 보내자 노인은 입을 다물었다. 여자는 주저앉은 채 멀거니 눈을 뜨고 있었다. 노인은 무리하게 몸을 뒤틀며 혼란스러운 듯이 꾸물꾸물 움직였다. 빡빡머리 남자가 부대를 들고 일어서는 것을 보며 "그건 정말 아무것도 아니야"라고 몇 번이고 중얼거렸다.

키 큰 남자가 손짓으로 문을 가리켜서 우리는 그 방에서 나왔다. 나오는 순간에 여자를 돌아봤지만, 멍해진 상태로 두 다리를 길게 뻗은 채 수건담요는 몸에서 흘러내려와 있었다. 스포츠머리 남자가 현관문을 열고 주위를 살폈다. 줄줄이 이어진 저택가는 정적을 유지하고 있었다. 왜건이 슬금슬금 다가오고, 남자의 신호와 함께 현관문 밖으로 나갔다. 대문 앞에서 천천히 왜건의 문이 열렸다. 지나칠 만큼 간단했다.

"그 사람은?"

다치바나가 약간 흥분한 목소리로 남자들에게 물었다. 방에 남은 키 큰 남자에 대해 말하는 거라고 생각했다.

"…… 잠깐 기다려. 아까 말했지, 뒤처리를 하고 있어. 곧바로 신고하면 곤란하니까."

대화 도중에 키 큰 남자가 집 밖으로 나와 곧바로 조수석에 올라탔다. 왜건은 왔을 때와 마찬가지로 슬금슬금 출발했다.

예전에 빈집털이 그룹에서 일하던 시절에는 이렇게 작업이 끝나면 해방된 것처럼 모두 환하게 웃었다. 하지만 이 남자들은 침묵하고 있었다. 별것도 아닌 일을 끝냈다는 듯이 담담하게 차 안에서 점퍼를 벗고 바닥 시트 밑의 빈 공간에 헬멧과 돈이 든 부대를 넣고, 좌석 안의 빈 곳에는 여섯 개의 칼을 넣었다. 남자들은 그 작업이 끝나자 따분한 듯 작게 한숨을 내쉬었다. 그 순간, 옆자리의 이시카와와 손가락이 맞닿았고 나는 건네준 종이쪽을 움켜쥐었다.

"아, 저기." 다치바나가 입을 열었다. "이렇게 쉬운 일이라면 당신들끼리 해도 괜찮았을 거 같은데? 아니, 그보다 애초에 왜 우리를……."

나는 이시카와가 몰래 건네준 종이쪽에 반쯤 정신을 빼앗긴 가운데서도 그들의 대답에 의식을 집중했다. 키 큰 남자는 담배에 불을 붙이고, 말하기 귀찮다는 듯이 돌아보지도 않고 목소리를 냈다.

"우리 셋이서 할 수도 있지만 안전하게 하려면 사람 수가 많은 게 좋아. 상대도 더 위압감을 느낄 거고, 혹시 노인네가 끝내 협력하지 않으면 금고째로 들고 나올 때 사람 손이 꼭 필요해. …… 아, 그리고 또 뭐였지?"

"왜 우리를?"

"아, 실은 너희 말고 다른 놈 셋을 준비했었어. 우리 동료야. 근데 신미가 도쿄를 떠난다는 말을 듣더니 그 사람이 생각을 바꿨어. 간단히 말하자면, 너희는 덤이나 마찬가지야. 그 사람은 우리 같은 조무래기에게 돈 주는 걸 좋아하거든."

나는 발목을 긁는 척하며 고개를 숙이고 종이쪽을 들여다보았다. '즉시 도쿄를 떠난다. 내일 밤 일곱시, 신 요코하마 북쪽 출구 앞'이라고 적혀 있었다.

"그래도……."

"에이, 말 많은 놈이네. 나도 몰라, 그 사람이 무슨 생각을 하는지는. 아무튼 너희는 재수가 좋았어. 그 사람이 말한 대로 어딘가로 도망쳐서 그 사람에게 감사하면서 살면 돼. 지금까지 그보다 더 괴상한 일도 많았어. 모두 다 그 사람 생각이야. 딱 한 가지 분명한 건 그 사람이 지정해준 사람과 작업을 하면 단 한 놈도 실수한 적이 없었다는 거야. …… 나도 너희 처음 보고 괜찮다고 생각했어. 한마디로, 떠나는 신미를 마지막으로 한바탕 부려먹고 돈다발 좀 안겨주려는 거야. 은혜를 베푼다고 할까. 지금까지 그런 놈들이 많지는 않았지만 꽤 있었어. 그 사람, 젊은 놈들을 좋아하거든. 너희를 어떻게 하겠다느니, 그런 생각은 없어. 너희처럼 힘없는 피라미들 좀 놓아먹여도 무서울 게 없잖아. …… 애초에 신미를 파키스탄에서 구해준 것도 그 사람 입장에서는 그냥 재미삼아 한 거야. 이번 일도 원래 시나리오는 완벽했고, 조용히 여자 하나 포박하는 것 따위 별로 어려운 일도 아냐. 아무튼 너희는 재수가 좋았어."

남자는 그렇게 말하더니 하품을 씹으며 담뱃불을 껐다. 차는 이윽고 어두운 골목길을 지나 공장 터로 나섰다.

"이 정도까지 벗어났으면 이제 됐어. 차 세워."

남자들은 차 밖으로 나가 옷을 갈아입기 시작했다. 부드러운 고기 같은 타이어 조각들이 어지럽게 널렸고 녹슨 조립식 건물은 무너졌고 창유리가 깨진 하얀 트럭이 있었다. 나는 옷을 갈아입으며 남자들에게서 슬쩍 떨어졌지만 이시카와는 반응을 보이지 않은 채 묵묵히 옷만 입었다.

"돈을 분배한다."

키 큰 남자가 그렇게 말하자 빡빡머리 남자가 차 문을 열고 안으로 돌아왔다. 아무렇게나 돈다발을 움켜쥐었다.

“오백만 엔이야. 불만 없지? 작업도 쉬웠잖아. 아니, 솔직히 말해서 돈 주기 아깝다.”

남자는 우리에게 각각 돈을 건넸다. 키 큰 남자가 하품을 하자 운전기사 남자가 눈을 비볐다

“지금부터 적당히 도로에서 내려줄 테니까 너희는 거기서 택시라도 타고 가. 아, 신미, 운전대 좀 잡아줘라. 나도 그렇지만 이 친구도 계속 잠을 못 잤어. 사고 낼 거 같다.”

차는 주택이 늘어선 좁은 골목을 빠져나가 어딘가의 국도로 들어섰다. 키 큰 남자와 운전기사는 잠이 들었고 그 대신 빡빡머리 남자가 지시를 내려서 이시카와는 차를 세웠다. 그곳이 어디인지 판단이 되지 않았다. 멀리에 편의점이 있을 뿐, 그밖에 눈에 띄는 가게도 없고 가로등의 간격도 넓어서 어둠침침했다.

“너희는 빨리 내려. …… 돈은 옷 속에 숨겨라. 소매치기들이니까 돈 넣을 호주머니는 넉넉하지? 하긴 경찰의 검문을 받을 멍청이는 없겠지만.”

다치바나가 차에서 내리고 나도 뒤를 따라 내렸다. 이시카와도 내리려고 했지만 빡빡머리의 남자가 말했다.

"어이, 미안한데 잠깐 운전 좀 해줘. 이 녀석들이 잠들어 버렸다. 우리는 지금부터 시나가와까지 가서 이 차를 처분해야 돼. 중간까지만 부탁한다."

"아, 난 좀……."

이시카와가 말하자 빡빡머리 남자는 소리 내어 웃었다.

"너희들, 너무 움찔움찔 겁을 낸다. 알았어, 환상선 7번 국도까지만 가자고. 거기서부터는 내가 운전할 테니까. 에이, 진짜 귀찮아 죽겠네."

나는 이시카와를 봤지만 그가 슬쩍 고개를 끄덕였기 때문에 눈앞에서 닫히는 문을 말없이 바라보고 있었다. 차는 움직이기 시작해서 점점 속도를 올리더니 이윽고 어둠에 뒤섞여 보이지 않았다. 주변이 갑자기 조용해졌다.

나와 다치바나는 선 채로 잠시 침묵하고 있었다. 간간이 지나쳐가는 차를 별 의미도 없이 바라보고 담배에 불을 붙이며 나는 계속 이시카와를 생각했다. 이시카와가 건네준 메모에 대해 다치바나가 불쑥 말했을 때, 그는 두번째 담배에 불을 붙이고 있었다.

"…… 도쿄를 떠나자는 거였지?"

다치바나는 그렇게 말하고 피식 웃었다.

"녀석, 너무 겁이 많은 거 아니냐? 완전 아무렇지도 않았잖아. 난 그냥 이쪽에 남을 거야. 만나야 할 사람도 있고, 금세 해주는 여자도 있고."

"나는…… 떠날 거야."

"맘대로 해. 뭐, 아무튼 굉장했다. 게다가 작업은 간단하고 들킬 일도 없고."

다치바나는 뭔가 생각하는지 입을 다물었다.

"그 사람, 누구야?"

"내가 알 게 뭐냐. …… 이름이 기자키라던가, 그랬잖아. 에이, 까짓 거, 모르는 게 더 나은 거 아니냐? 그 사람이 한 말이 맞아. 어디선가 은밀히 감사하면서 살면 되는 거야."

다치바나와 편의점까지 걸어가 택시를 불렀다. 택시 두 대가 나란히 주차장에 왔을 때, 다치바나는 무슨 신호처럼 꽁초를 멀리 내던졌다.

"자, 그럼 어디선가 또 만나자." 다치바나가 그렇게 말했다. "우리 같은 사람들은 어디선가 꼭 만나게 되어 있어."

　나는 택시를 타고 그 길로 신 요코하마까지 갔다. 새벽녘의 거리는 푸르스름한 빛이 서려서 건물과 도로와 드문드문 보이는 행인들이 그 푸른빛 속에 떠올랐다. 나는 택시에서 내려 역 앞 비즈니스호텔에 들어갔다. 프런트의 여자가 지금은 체크아웃까지 몇 시간밖에 안 남았다고 까다롭게 굴었다. 나는 이틀 분의 돈을 내겠다고 말하고 방으로 올라갔다.

　침대에 누워서야 내 몸이 아직도 긴장하고 있다는 것을 깨달았다. 내가 차 안에 있고 동시에 그 노인의 방에도 있는 것 같았다. 잠이 올 것 같지 않아서 여자를 부르고 싶었지만 이 시간에 여자를 대줄 가게도 없을 터였다. 담배에 불을 붙이고, 앞으로 내가 어떻게 될 것인지에 대해 생각했다. 무엇을 하면서, 무엇에 무게를 두고 움직일 것인지 계속 생각했다. 노인의 방에서 본 그 포박된 여자의 모습을 떠올리고, 다시금 사에코를 생각했다.

　제대로 잠도 못 잔 채 이시카와가 정해준 저녁 일곱시가 다가왔다. 신 요코하마 역 북쪽 출구에는 수많은 사람들이 움직이고 있었다. 잠을 못 잔 나보다 훨씬 더 체력과 활기가 넘치는 인간들을 마주하면서 나는 가벼운 두통을 느꼈다.

여덟시가 되고 아홉시가 되었지만 이시카와는 나타나지 않았다. 나는 바닥에 주저앉아 계속 담배를 피웠다. 네온 불빛에 비춰진 사람들의 다양한 옷 색깔이 눈에 아프게 들어왔다. 부르짖듯이 웃는 커플에게로 시선을 던지고 벽에 기대선 회사원을 보고 시계를 보고 내 구두를 보았다. 손을 쳐들고 다가오는 남자를 발견했고 그게 이시카와가 아니라 딴 사람이라고 깨달았을 때, 맞은편에서 노숙자 노인이 다가왔다.

"앞으로 무슨 일이 있건……."

노인은 내 눈을 보며 그렇게 말했다. 심장의 고동이 서서히 빨라졌다. 주위에는 서로 마주 보며 웃는 무수히 많은 얼굴, 흐릿해진 얼굴의 인간들이 지나가고 있었다.

"조용히 입 다물고 있어. …… 목숨이 아직 필요하다면. 너는 재미있는 놈이야. 또 만나자……."

나는 노인의 얼굴을 빤히 바라보았다. 호흡이 빨라져서

의식적으로 천천히 숨을 들이쉬었다.

"당신 누구야?"

"응, 누가 그렇게 전해주라고 했어. 조금 전에 어떤 양복 입은 남자가 이거 주면서 나한테 심부름시켰어."

노인은 호주머니에서 위스키 병을 꺼냈다.

"…… 그 밖에는?"

"아, 그리고…….""

노인은 얼굴을 뒤틀며 몇 차례 기침을 했다.

"너는 풀어주기로 했다……. 어딘가에서 은밀히 내게 감사하면서 살아라……. 응, 그런 얘기였을 거야."

역에 들어가 적당히 차표를 사고 신칸센을 기다렸다. 대합실 텔레비전에서는 전쟁 뉴스가 흘러나왔다. 화면이 바뀌고 '중의원 의원 XX 씨 살해'라는 문자가 눈에 들어왔다. 화면에 비친 것은 우리가 돈을 강탈한 그 노인네였다.

"당시 피살 현장에서 가까스로 목숨을 건진 목격자 가 정부의 말에 따르면 범인들은 외국인으로 보였으며, XX 씨에게 금고를 열게 한 뒤에 칼로 XX 씨를 살해했다고 합 니다. …… 경시청은 최근 들어 빈발하는 중국인 강도단의 범행으로 보고 수사에 착수했습니다. 국회에서는…….”

　나중에 알게 된 일이지만, 그다음 날 또 다른 정치인의 개인 비서가 자살했고 공익법인의 이사가 철로에 떨어져 사망했다. 이어서 IT 관련 기업의 사장이 실종되었다가 사체로 발견되었다. 주가가 부자연스럽게 급등했다가 급락했고, 총리가 질병을 이유로 사직한 뒤에 그와 같은 파벌에 속한 정치인이 사망했다.

　나는 그 길로 도쿄를 떠났다.

8

지저분한 복합 빌딩의 벽에 등을 기대고 코트로 바람을 피하며 담뱃불을 붙였다.

손가락은 호주머니에 넣었고 목덜미와 어깨에 고이는 냉기를 내내 느꼈다. 복합 빌딩에서 제복을 입은 쌍둥이 같은 중년 여자들이 나와서 의아한 눈길로 나를 바라보며 지나갔다. 손가락에 좀체 온기가 돌지 않아 편의점에 들어가 뜨거운 캔 커피를 사서 손에 들고 콘서트홀로 향했다.

끽연 스페이스에서 문자를 보내는 척하며 다시 한 번 담배를 피웠다. 사람들이 무리 지어 수런거리는 기척이 들려서 시선을 돌리자 콘서트홀에서 사람들이 쏟아져 나오는 참이었다. 클래식 콘서트를 감상하는 사람들의 대부분은 연령층이 높고 현금을 갖고 있다. '베를리오즈의 〈환상 교향곡〉, 엘가의 〈에니그마 변주곡〉 등'이라고 프로그램에 나와 있었지만 나는 그런 건 잘 알지 못했다.

택시 승차장으로 향하는 손님들 틈에 섞여들어 그중에서 가장 옷차림이 좋은 노인 부부를 지켜보았다. 호주머니 속의 손가락을 움직이며 느릿느릿 걸음을 옮겨 가까이 따라붙었다. 노부부는 웃으며 서로를 바라보고 프랑스인 지휘자를 칭찬하고 이다음에는 현지에서 들어보자는 이야기를 나누었다. 남자 노인은 롤로 피아나의 두툼한 갈색 코트, 여자 노인은 크림색의 두툼한 코트에 구치 머플러였다. 손자에게 뭔가 선물을 사 가지고 갈까, 하고 남자가 말하자 여자도 미소를 지으며 그 제안을 받아들였다. 노부부의 얼굴은 선량함으로 가득하고 콘서트의 여운에 젖은 채, 아름다운 것을 접하고 그것을 아름답게 받아들일 수 있었다는 만족감이 넘쳤다. 남자의 얼굴에 떠오른 자연스러운 주름이 그들의 인생이 잘못된 것이 아니었노라고 말해주는 것처럼, 어떤 잘못도 저지르는 일 없이 여기까지 왔노라고 말해주는 것처럼, 부드럽게 퍼져 있었다.

아마도 남자의 지갑은 코트 안주머니에 있을 것이다. 고전적인 방법이지만 정면에서 슬쩍 부딪치는 수밖에 없다고 생각했다. 하지만 남자가 덥다면서 걸음을 늦추고 코트를 벗으려고 스스로 단추를 풀기 시작했다. 뒤쪽의 시선을 내 몸으로 가리고 노인 바로 뒤에 붙었다. 여자가 코트 벗는 것을 도와주기 전에 일을 끝낼 필요가 있었다. 남자가 단추를 모두 풀고 코트 가슴팍을 잡아 양옆으로 펼치려고 하는 순간, 나는 왼쪽 대각선 위로 손을 뻗었다. 오른손의 중지와 검지를 코트 안주머니에 넣어 지갑을 손가락 사이에 끼웠다. 그때, 남자의 온화한 표정과 그 너머에 있을 터인 그들의 부드러운 생활에 내 손이 닿은 듯한 느낌이 들었다. 지갑을 위로 쓰윽 뽑아 내 코트 소매 안에 넣었다. 남자의 왼쪽 옆을 지나쳐 그대로 걸어가려는 순간, 코트를 제대로 벗지 못하고 우물거리는 남자에게 여자가 뭔가 중얼거리면서 가느다란 팔을 내밀어 거들어주었다.

노인의 지갑에는 이십이만 엔과 각종 신용카드, 그리고

손자와 함께 찍은 사진이 들어 있었다. 노부부 사이에서 웃고 있는 그 소년은 아름다웠다. 감정이 넘쳐서 짓궂은 표정을 하고 있었다. 그 지갑은 우편함에 던져 넣었지만 마치 내버리듯이 힘주어 던지는 내 손을 느꼈다. 높직하게 늘어선 복합 빌딩 위에 은빛으로 빛나는 피뢰침이 있었고 그것은 수직으로 뻗어서 높이높이 햇빛과 맞닿았다. 나는 시선을 돌리고 다시 북적이는 사람들 속으로 들어갔다.

택시를 타고 아파트 근처에서 내렸다. 벽이 썩어버린 맞은편 아파트 그늘에서 뒷머리를 갈색으로 기른 작은 아이가 뭔가 종알거리며 뛰어갔다. 녹슨 간판 앞을 지나 낙서가 눈에 띄는 콘크리트 벽 옆의 셔터 닫힌 가게를 멍하니 바라보았다. 담배를 피우려다 관두었다. 하지만 뭔가 입에 넣고 싶다고 생각한 순간, 손가락이 호주머니 속의 껌에 닿았다. 속도를 올리며 자동차가 바로 눈앞을 지나갔다. 이전에 샀는데 잊어버렸는지 아니면 캔 커피를 살 때 함께 집어넣었는지 알 수 없었다. 나는 담배를 피우기로 하고 코트로 몸을 감싸며 마음을 가라앉히려고 했다. 넓은 도로로 나섰을 때, 나른하게 걸어가는 사람들 속에서 제 엄마와 함께 물건을 훔치던 그 아이가 눈에 띄었다. 아이는 혼자서 종이봉투를 들고 지난번의 그 슈퍼로 들어가고 있었다. 나는 아파트로 돌아가려다 잠시 망설인 끝에 그 슈퍼에 따라 들어갔다.

아이는 파란 반바지를 입었고 위는 초록색 점퍼였지만 천이 해어져 있었다. 고기 매장으로 들어가 한참 우두커니 서 있더니 잠깐 고개를 갸웃하는 순간에 다진 고기 트레이를 종이봉투에 쓰윽 넣었다. 동작이 잽싸고 종이봉투까지 최단 거리를 골라 아이의 손은 움직였다. 태어난 장소에서 그의 삶은 결정되고 그 짓누르는 듯한 무거운 흐름 속에서 계속 움직이는 것이라는 생각이 들었다. 이번에는 야채 매장으로 옮겨가 특별 판매 코너에 몰린 주부들 옆을 빠져나와 그곳에 생긴 사각을 이용하여 양파와 감자를 종이봉투에 넣었다. 아이는 오른손잡이였다. 물건을 옮기는 시간이 짧아서 잡자마자 곧장 종이봉투 속에 들어간다. 나는 아이의 움직임을 지켜보며 저만한 나이였을 때의 나와 어느 쪽이 더 실력이 뛰어난지 생각해보았다. 아이는 움직임은 정확했지만, 어린애 혼자 슈퍼 안을 돌아다니는 모습은 아무래도 금세 남의 눈에 띄었다. 무엇보다 종이봉투를 들고 나온 게 잘못된 선택이었다. 소매치기를 잡기 위해 슈퍼 측에서 고용한 중년 여자가 손님인 척하며 벌써부터 아이를 응시하고 있었다. 머리가 긴 그 여자는 지난번과는 다른 직원이었다. 그녀는 수상한 움직임을 보이는 또 다른 노인을 마크하면서 아이를 향한 주의도 게을리하지 않고 있었다.

아이는 여직원의 시선을 깨닫지 못한 채 주류 매장에서 발을 멈추었다. 집어넣을 물건과 종이봉투의 크기가 맞아떨어지지 않아 망설이고 있는 것 같았다. 슈퍼 여직원의 시선은 계속해서 아이를 포착하고 있었다. 무수한 손이 그를 향해 뻗어가는 영상이 내 머릿속에 떠올랐다. 그의 몸을 움켜쥐고, 이 아이는 이런 아이라고 세상에 그를 드러내고, 딱하다든가 놀랍다든가 하는 숙덕거림과 눈빛에 의해 그 작은 몸이 마구잡이로 조명을 받는 것처럼 느껴졌다. 나는 아이 옆으로 다가갔다. 깜짝 놀란 아이는 잠깐 파르르 떨었지만 내 쪽을 쳐다보지 않았다.

"들켰어. 봉투 내려놓고 도망쳐."

내가 말하자 아이는 힘없는 눈으로 나를 올려다보았다.

"지난번하고 마찬가지야. 벌써 다 눈치챘어. 이건 안 돼."

나는 지켜보는 여직원 쪽으로 걸어갔다. 여자는 나를 깨닫자 시선을 돌리고 과자를 고르는 척 허리를 숙였다. 하지만 아이는 350밀리리터 캔 맥주 세 개를 연달아 종이봉투에 넣고 잽싼 걸음으로 이번에는 유제품 선반으로 이동했다. 그러고는 훔칠 물건, 아니 훔쳐오라고 지시받은 물건을 찾으려고 가만가만 고개를 움직였다. 나는 아이에게 다가갔다. 여직원이 이쪽을 쳐다보지 않는다는 것을 확인하고, 순간적으로 바구니를 집으면서 아이에게서 종이봉투를 빼앗았다.

"그만해." 나는 말했다. "내가 사줄 테니까."

아이는 일순 반사적으로 저항했지만 자신에 비해 큼직한 내 몸으로 시선을 던지더니 움직임을 멈췄다. 살갗이 지저분했지만 속눈썹이 길고 눈은 큼직하고 탁한 구석이 없었다.

“또 뭐가 필요하지?”

그렇게 물었지만 아이는 입을 꾹 다물고 있었다. 점퍼 호주머니 밖으로 살짝 종이쪽이 보였다. 나는 그것을 손가락 틈새에 끼워 빼내서 펼쳐보았다. 볼펜 글씨로 상품 목록이 적혀 있었다. 아이의 엄마가 적은 것으로 보이는, 비스듬하고 삐뚤빼뚤 지저분한 필적이었다.

상품을 바구니에 넣고 걸어가자 아이가 내 뒤를 따라왔다. 조금 전의 여직원도 따라왔지만 갑작스럽게 아이와 나란히 서 있는 나를 탐색하듯이 훑어보고 바구니에 들어간 상품을 보더니 아까의 노인이 모퉁이로 사라지자 그 뒤를 쫓았다. 아이는 내 행동에 수동적으로 따를 뿐, 저항하는 몸짓도 없었다. 나는 소매치기 작업을 위해 아이와는 어울리지 않게 값비싼 옷을 걸치고 있었다. 그런 내게 물건을 슬쩍하는 장면을 들켜서 아이가 더욱 수치스러워하는지도 모른다고 생각했다. 나는 아이에게로 얼굴을 돌렸다.

“넌 꽤 잽싸기는 한데……. 잘 봐, 이렇게 해야 돼.”

종이에 적힌 상품은 이제 요구르트뿐이었다. 물건을 고르는 척하며 요구르트가 진열된 상품 선반에 손을 뻗었다.

눈으로 좌우를 확인하고 중지만 사용하여 그 손끝을 요구르트 뚜껑에 걸고 튕기듯이 넘어뜨려 옷소매에 넣고 그대로 팔을 왼편으로 슬라이드 시키면서 마찬가지로 세 개의 요구르트를 튕겨 넣었다. 아이는 진지한 표정으로 내 손끝을 지켜보았다. 그러고는 마치 불가사의한 장면이라도 본 듯이 내 얼굴을 빤히 바라보았다. 팔을 내려도 요구르트가 떨어지지 않는 게 아이에게는 꽤 신기한 모양이었다.

"나머지는 돈 내고 살 거야. 불만 없지?"

나는 아이의 대답을 기다리지 않고 계산대로 다가가 돈을 치렀다. 슈퍼에서 나와 봉투 속의 상품을 아이의 종이봉투에 옮겨 넣었다.

"이제 이 슈퍼는 안 돼. 감시하는 직원이 네 얼굴을 알아버렸어."

아이는 종이봉투의 무게 때문에 한쪽 어깨가 비스듬히 처진 채 내 얼굴을 보고 있었다.

"종이봉투 위를 수건으로 가린 건 괜찮은 아이디어겠지. 하지만 그건 안 하는 게 좋아. 우선 어린애가 종이봉투를 들고 다니는 건 아무래도 눈에 띄어. 게다가 이런 작은 봉투에는 물건이 다 들어가지 않아. …… 그리고 넌 동작에 너무 분명하게 목적이 드러나 있어. 물건을 슬쩍하기 전에 한참 동안 쓸데없는 동작이 필요해."

아이의 얼굴이 서서히 진지해지는 것을 보고 나는 시선을 돌려버렸다.

"야, 이거 가져가."

나는 그대로 걸었다. 뒤를 돌아보지 않고 걸었다. 아까 호주머니에 들어 있던 껌을 꺼내 학대하듯이 질겅질겅 씹었다.

9

눈을 뜨자 목덜미와 어깨가 땀으로 흥건히 젖어 있었다.
꿈을 꾼 것 같긴 한데 확실하게 생각나지 않았다. 집들과
전봇대 너머에 안개, 다시 그보다 더 먼 곳의 영역에 탑이
있었다. 기하학 같은 무늬가 새겨진, 아마도 옛날부터 그
곳에 서 있었을 돌탑이었다. 곧게 뻗어 올라가 점점 흐릿
해지면서 그것은 흔들림 없는 것으로서 그곳에 존재하고
있었다.

나는 담배 두 대를 연달아 피우며 이시카와의 일을 머
릿속에 떠올렸다. 그때 좀더 다치바나에게 자세히 물어볼

수도 있었지만, 그의 말은 믿을 수 없다. 다치바나가 내게 거짓 정보를 전달하고 거기에 내가 뒤흔들리는 건 불쾌하다. 이시카와가 있었던 그 복합 빌딩의 사무실은 지금은 에스테틱 살롱이 되어 있었다.

느닷없이 가슴이 술렁거려서 나는 얼른 밖으로 나가야 한다고 생각했다. 어딘가 고급스런 호텔 라운지나 브랜드 숍, 아니면 예전에 가려다가 그만둔 하네다 공항, 그 세 곳 중에서 한 군데로 정하자고 생각했다. 걸어가면서 생각해보자고 마음먹고 문을 연 순간, 금이 간 아파트 복도에 그 아이가 쪼그리고 앉아 있었다. 아이의 모습은 이 헐어빠진 쓰레기 같은 장소에 잘 어울렸다. 문을 열고 나오는 나를 멍하니 올려다보며 수동적으로 기다리고 있었다.

"…… 뭐 하고 있어?"

그렇게 말을 건네도 아이는 반응을 보이지 않았다. 그날, 내 뒤를 밟았다는 건 알고 있었지만 여기까지 찾아올 줄은 생각도 못 했다.

아이는 손에 갈색 종이봉투를 들고 있었다. 그건 어제보다 큼직한 봉투였다. 하지만 크기 문제가 아니라는 것쯤은 아이도 알고 있을 거라고 생각했다.

"이번에는 뭐지?"

내가 말하자 아이는 종이쪽을 내밀었다.

'돼지고기 300그램, 생강, 상추, 연근, 당근, 담배 세 갑, 채 썬 생오징어, 컵라면(네가 좋아하는 걸로).'

비스듬하게 삐뚤빼뚤 지저분한 글씨가 광고지 뒷면에 적혀 있었다. 집에 찾아온 남자 손님에게 요리를 해주려는 것인지도 모른다.

"이건 안 돼. 슬쩍 집어넣기 힘든 물건들이잖아. 통조림, 이를테면 채소 종류라면 가공해서 봉투에 넣어둔 걸로 골라야지."

아이는 어제와 마찬가지로 파란 반바지에 초록색의 지저분한 점퍼를 입고 있었다. 반바지 밖으로 삐져나온 다리를 아이는 반복적으로 긁어댔다. 추위 때문인지 아니면 몸에 배어버린 무의식적인 버릇 때문인지는 알 수 없지만, 그 손동작을 보면서 나는 자꾸만 머리가 아득해져서 견딜수가 없었다. 내가 다시 집 안에 들어가 가방을 집어 들고 나오자 아이는 종이봉투를 든 채 내 뒤를 따라왔다. 지금의 내 모습을 본다면 이시카와는 웃을까. 나는 억지로 잠깐 웃었다. 근처의 택시를 세우자 아이가 처음으로 소리를 냈다.

"어디로 가?"

아이의 목소리는 아직 주위에 침식되지 않아 높고 맑고 어렸다.

"그 슈퍼는 이제 안 돼. 너한테 눈독을 들였어. 좀더 먼 데로 가자."

나는 운전기사에게 행선지를 알리고 좌석에 몸을 기댔다. 아이는 왜 그런지 지나가는 풍경이 진기한 구경거리라도 되는 것처럼 입을 꾹 다물고 창밖만 잡아먹을 듯이 바라보고 있었다.

백화점 지하의 거대한 슈퍼에 들어가 바구니를 손에 들었다. 돼지고기 덩어리가 담긴 트레이를 집어 가방에 넣었다. 이 검은 가방은 무늬를 따라 잘려 있어서 지퍼를 열지 않아도 물건을 슬쩍 넣을 수 있다. 아이는 내 손동작을 지켜본 뒤에 계속 가방만 쳐다보았다.

“오른쪽 코트 자락을 잡아.” 나는 말했다. “아들인 척하면서 내 옆에 바짝 붙어. 네 몸이 가방의 사각이 되니까.”

물건을 가방에 넣으면서 위장용으로 바구니에 도시락을 넣었다. 슈퍼 측에서 고용한 소매치기 방지 담당 여직원은 안경을 썼고 노인에 가까운 여자였다. 이런 직원들은 대개 손님인 척하기 위해 카트에 상품을 넣어두지만 장시간 감시해야 하기 때문에 생물을 넣어놓는 일은 없다. 여직원은 사십대로 보이는 중년 여자에게 시선을 향하고 있었다. 머리를 갈색으로 물들인 그 중년 여자는 흰색 긴 다운코트를 펄럭이며 상품 선반 앞을 걷고 있었다.

“그 위치에서 저 여자를 지켜봐.”

중년 여자는 바구니를 손에 들고, 상자에 든 초콜릿을 잽싸게 호주머니에 쑤셔 넣었다. 여직원은 그 순간을 놓쳐버렸지만 뭔가 확신이 있는 눈치였다. 계속해서 여자의 뒤를 밟고 있었다.

두 여자는 걸음을 옮겨 통로 모퉁이로 사라졌다.

“저건 아마 병일 거야.”

“병?”

"피크병. 무의식적으로 물건을 훔치는 병. 그런 게 있어."

나는 그렇게 말하며 표정을 바꾸지 않도록 의식했다.

"젊은 나이에도 걸리는 치매의 일종이라는데, 아직 밝혀지지 않은 게 많은 병이야. 무의식 상태가 된 뇌가 어째서 물건을 훔치는 증상으로 나타나는지, 왜 하필 물건을 훔치는지. …… 뭔가 근본적인 원인이 있는 거 아닌가?"

아이는 잘 모르겠다고 고개를 저었다.

"아무튼 지금이 찬스야. 사람들로 붐비고 담당 직원도 없어."

나는 종이쪽에 적힌 모든 상품을 가방에 넣고 바구니에는 맥주와 물, 햄을 넣었다. 계산대에서 돈을 치르고 슈퍼를 나왔다.

공원으로 가서 아이에게 도시락을 내밀자 아무 말도 없이 곧장 먹기 시작했다. 물을 건네줬지만 거의 마시지 않고 도시락의 고기와 달걀부침만 목이 막힐 만큼 꾸역꾸역 입에 넣었다.

나는 맥주 캔을 따고 햄을 씹었다. 하늘의 흐린 구름이 점점 더 낙하하듯이 낮아져 태양빛을 가리고 있었다. 저만치 벤치에서 아이들이 한데 모여 저마다 게임기를 들고 화면에 몰두하고 있었다.

"어린애가 소매치기를 하려면 물건을 잘 선택해야 돼."

내가 말하자 아이는 밥을 입에 넣는 틈틈이 내 쪽으로 눈길을 던졌다.

"과자라든가 기껏해야 주스 정도? 슈퍼에서 채소를 훔치는 건 너무 위험해. 이를테면……."

나는 아이의 점퍼를 툭 건드렸다.

"이 점퍼 안쪽에 주머니를 만들어서 실로 꿰매. 원래의 주머니에 구멍을 내서 새로 붙인 주머니와 연결되게 하는 거야. 안감 속에 들어가게 앞의 지퍼 선을 따라서 칼집을 내는 것도 좋아. 뭐든 그 주머니에 넣을 수 있어. 지나치게 불룩하지 않을 정도로만 넣으면 돼."

아이는 어느새 도시락을 비워버렸다.

"그게 아니라면 가방이지. 학교 가방은 너무 눈에 띄어. 학원 가방 같은 게 좋아. 아까 내 가방처럼 무늬를 따라서 칼집을 넣어두면 많은 걸 넣을 수 있어. …… 그리고 소매 치기하는 것도 좋겠지, 지갑을."

"나도 해본 적 있어."

아이는 저만치의 아이들을 바라보며 말했다.

"엄마하고 사람 많은 지하철 탔을 때."

"그래?"

"지갑이 주머니 밖으로 삐죽 나와 있었어. 어떤 할아버지. …… 빼낼 수 있을 거 같아서 정말 빼낼 수 있는지 해봤어. 칠천 엔 들어 있었어. …… 그 뒤로 가끔 했어. 나 혼자 지하철 타고."

"어디, 해봐."

나는 그렇게 말하고 내 지갑을 바지 뒷주머니에 넣고 일어섰다. 아이는 내 왼쪽다리에 저도 모르게 부딪친 것처럼 슬쩍 몸을 기대고 왼쪽으로 중심을 기울이더니 거의 동시에 오른손으로 지갑을 빼냈다.

"흠, 꽤 잘하는데? 하지만 이건 안 하는 게 좋겠다. …… 아직은 장난 수준이고 기술이 몸에 배지 않았어. 원래는 이렇게 손가락 두 개나 세 개 사이에 지갑을 끼워야 돼.

너처럼 엄지손가락은 쓰지 않아. 하긴 아직은 그만한 힘이 없고 손가락도 짧아서 별수 없이 엄지손가락을 써야겠다."

나는 맥주 캔을 비웠다.

"도구를 이용하는 것도 좋아. 지갑을 걸쳐서 빼내는 고리. 끝이 낚싯바늘 같은 거."

"그런 거 갖고 있어?"

"아니, 나는 도구는 안 써. 하지만 그런 도구를 썼던 유명한 소매치기가 있어."

"어떤 사람?"

아이는 계속 나를 빤히 바라보고 있었다.

"배링턴이라는 사람. …… 옛날 영국에 살았던 아일랜드 사람이래. 어느 연극단 배우였는데 귀족들의 파티에 불려가서 부자들의 돈이며 보석을 기막히게 훔쳐냈어. …… 소매치기를 하려고 자신이 직접 도구를 만들어서 능숙하게 사용했대. 의원이나 대사의 지갑도 훔쳤고 때로는 성직자로 변장해서 훔치기도 했어. '프린스 오브 피포켓'이라고 할 만큼 대단했다는데."

“그리고?”

“왜, 궁금해?”

“…… 응?”

아이가 놀란 듯 나를 보았다. 말을 한 건 난데 마치 자신이 너무 말을 많이 했다는 듯이 겸연쩍은 표정을 보였다. 반바지 밖으로 삐져나온 다리는 가늘고, 지저분한 운동화에는 흙이 묻어 있었다.

“소매치기한 지갑에 자신의 사인 카드를 넣어 다시 돌려준 괴짜도 있었어. 도손이라는 미국의 유명한 소매치기. 앤게릴로라는 사람은 대략 십만 번의 소매치기를 한 것으로 추정되는 사람이야. 굉장하지. 그리고 에밀리라는 여자는 소매치기로 체포되어 재판을 받는 중에 판사의 안경 케이스를 훔쳤어. 법정에서 폭소가 터졌대.”

아이는 조금 표정이 풀어졌다.

“일본에는?”

“고하루라는 유명한 소매치기가 있었어. 옛날에는 대부분 두꺼비 지갑이라고 해서 이렇게 똑딱 소리를 내며 잠그는 거였어. 그걸 끈으로 목에 걸고 다니는 사람도 있었어.

근데 그 고하루라는 사람은 남의 코트 단추를 풀고 목에 걸린 두꺼비 지갑 속에서 돈만 빼낼 수 있었대. 일명 '알맹이 뽑기'라는 기술이야. 게다가 빼낸 뒤에 지갑을 잠그고 코트 단추까지 채워줬대. 기막힌 기술이지."

"정말?"

"비참한 가운데서 세상을 비웃어준 자들이야."

저만치의 아이들이 시계를 들여다보더니 게임기를 끄고 공원을 떠났다. 개를 산책시키는 젊은 커플이 지나가고, 엄마의 손을 잡고 나온 조그마한 여자애가 뭔가 종알거리면서 이쪽을 보고 있었다.

"하루에 천만 엔을 훔친 사람도 있어."

"천만 엔이나?"

"응, 내가 아는 놈. 근데 죽었을 거야, 아마."

아이가 내 얼굴을 올려다보았다. 차 안에서 마지막으로 고개를 끄덕여주던 이시카와의 얼굴과 길 너머로 사라진 왜건의 빨간 미등이 머릿속에 떠올랐다.

"이런 일을 하는 사람들은 대개 마지막이 비참해. ……그러니까 따라 하지 마. 제대로 사는 인간이 못 돼."

나는 그 손자가 있는 노인에게서 훔친 이십이만 엔을 아이에게 보여주었다.

"이거 다 줄게. 또 슈퍼에 가서 물건 훔쳐오라고 하면 이 돈으로 사. 이젠 더 이상 오지 말고."

"왜?"

나는 벤치에서 일어섰다. 아이는 내게 다가왔다 멀어졌다 하면서 말없이 걸었다. 내게서 떠나갈 때도 아이는 아무 말이 없었다. 아파트에 돌아오자 한기가 들었다. 이불 속에 들어가 있어도 가라앉지 않아서 감기에 걸렸다는 걸 알았다. 약을 사러 나갔다 왔더니 몸이 더욱 얼어붙었지만 어떻든 약을 먹고 자기로 했다. 이틀 동안 나는 거의 이불 속에서 보냈다. 사에코의 꿈을 꾸다가 깨어났더니 현관 차임벨이 울리고 있었다. 무시하고 내버려두었지만 벨소리가 멈추지 않았다. 저녁인지 밤인지도 모른 채, 아무 맛도 느껴지지 않는 담배에 불을 붙였다. 문을 열자 아이의 엄마가 서 있었다.

아이 엄마는 짧은 스커트를 입고 무늬 있는 검은 스타킹으로 다리를 감싸고 있었다. 내 얼굴을 의아한 시선으로 바라보고 집 안으로 눈길을 던졌다. 자기 쪽에서 찾아왔으면서도 망설이는 듯 그 시선이 허우적거렸다. 오른쪽 눈을 꾸욱 감는 틱 동작을 되풀이하면서 가방의 버튼을 만지작거리던 끝에 이윽고 나를 살피듯이 올려다보았다. 시선을 치켜드는 그 모습이 아이와 닮았다고 생각했다.

"뭐야."

"아, 아니……."

여자는 다시 한 번 오른쪽 눈을 꾸욱 감았다.

“당신, 이런 데서 살아?”

“응?”

바깥은 비가 내리고 여자가 우산을 들고 있는 것을 깨달았다. 작업복을 입은 외국인이 담배를 피우며 비에 젖은 채 맞은편의 어슴푸레한 골목길을 가로질러 갔다.

“우리 애가 당신한테 돈을 받았다고 해서……. 십만 엔씩이나.”

나는 갑자기 귀찮아졌다.

“그래서 갚으러 왔어?”

“안 갚아. 갚을 수도 없어. 근데 왜 돈을?”

“뭐든 상관없어.”

“기분 나쁘잖아.”

분명 기분 나쁘겠다고 생각했지만, 그런 이유만으로 일부러 찾아왔을 리는 없다.

“됐으니까 그만 가.”

“잠깐 들어갔으면 좋겠는데. 남들도 들을 거고.”

여자는 그렇게 말하고 억지로 웃음을 짓듯이 입술을 움

직였다. 내가 방으로 들어가자 여자는 뭔가 중얼거리며 현관에서 부츠를 벗었다. 여자의 오른쪽 눈의 움직임, 그 과잉하게 힘을 주는 방식에서 사에코의 몸을 연상했다. 흰 반코트를 벗자 여자는 가슴을 강조하려는 듯 몸에 착 달라붙는 하얀 스웨터 차림이었다.

나는 어질러진 옷을 발끝으로 치우고 바닥에 앉으려고 했다. 하지만 여자가 먼저 그 공간을 차지하고 앉았다. 방 한쪽의 다리미대 위에는 종이 쓰레기와 뒤섞여 현금이 흩어져 있었다. 나는 침대 위로 이동했다.

"당신, 뭐 하는 사람이야?"

여자는 내 방을 계속 살펴보고 있었다.

"그건 당신하고는 상관없고. 그래서, 왜 왔어?"

"어째서 십만 엔씩이나 줬어? …… 그거지?"

"뭐?"

"그러니까, 우리 애한테 못된 짓 했지? …… 경찰에 신고하면 당신 끝장이야."

여자는 얼굴을 긴장시키고 무리하게 눈에 꾸욱 힘을 넣으며 나를 보았다. 나는 어이가 없어서 피식 웃었다. 협박이라고 하기에는 여자는 지나치게 동요하고 있었다.

"내가 왜 그런 짓을 해?"

"아무튼 뭔가 속셈이 있지? 괜히 속이려고 해봤자 안 먹혀."

"죽은 아들하고 닮았어."

나는 그렇게 거짓말을 했다. 여자는 일순 망설이듯이 시선을 움직였다. 나는 이어서 적당히 말을 내뱉었다.

"죽은 아들하고 닮았다고. …… 난 돈은 꽤 있는데 집 같은 거에 전혀 관심이 없어서 이런 데서 살아. 전국을 떠돌면서 대충 빌려서 사는 거야. 십만 엔쯤은 나한테는 별로 큰돈도 아냐. 물건을 훔치는 비참한 아이가 있어서 모금함에 넣는다는 느낌으로 대충 집어준 것뿐이야. 내가 그때 약간 술에 취했었어. 그보다 경찰에 신고하면 나보다 당신이 더 곤란할 텐데?"

"그래도……."

여자는 뭔가 생각을 굴리는 것 같았다. 다리미대에 아무렇게나 놓인 돈을 바라보고 옷장에도 시선을 던졌다.

"그럼 그런 거 아냐?"

"아냐."

"그래도, 아, 그러니까, 나도 꼭 그런 쪽으로 생각한 건 아니고……."

여자는 그렇게 말하더니 고개를 숙이고 뭔가를 뛰어넘듯이 내 쪽으로 얼굴을 들었다.

"그럼 내 손님 해줘. …… 요즘 줄었어. …… 남자친구가 돈 씀씀이는 헤프고, 나도 정말 미치겠어. 내일까지 꼭 돈이 필요해. …… 전에 만 엔이면 된다고 했지만, 우선 오만 엔 정도만. …… 당신 죽은 아들하고 닮았잖아?"

"사양하겠어."

왠지 내 말에는 내던지는 듯한 여운이 있었다. 여자는 멍하니 나를 바라보고, 오른쪽 눈을 꾸욱 감았다가 뜨더니 금세 표가 날 만큼 입으로 거친 숨을 내쉬었다.

"당신 말, 진짜야? 장난치는 거지, 너?"

여자는 돌연 그렇게 부르짖었다. 나는 놀랐지만 표정에 놀람을 드러내지 않도록 의식했다. 여자의 얼굴에 부자연스러운 주름이 지고, 자신을 억제하지 못하겠다는 듯 바닥을 탕탕 내리치며 헐떡이듯이 불명료한 소리를 내질렀다.

여자의 감정에는 마땅히 있어야 할 단계가 없었다. 가까이에서 보니 어깨와 턱 주위가 기묘하게 여위었고, 손등과 목을 쥐어뜯는지 폭이 넓은 붉은 흔적이 도드라져 있었다.

"나를 경멸하는 거지? …… 매춘하는 여자하고는 못 자겠다는 거지? 나도 좋아서 그런 말 한 거 아니야. 난 하나도 잘못한 거 없어. 너는 최악이고."

나는 여자의 말을 들으며 몸속에서 뭔가 뭉클한 것을 느꼈다. 왜 그런지 호흡이 빨라졌다.

"아니, 그런 생각 한 적 없어. 애초에 난 소매치기야. 소매치기가 매춘부를 비웃겠어? 알겠어? 나는……."

여자가 놀란 듯이 나를 빤히 바라보았다. 내 꼴이 이상하다고 생각하며 나는 담배에 불을 붙이고 천천히 피우려고 했다.

"정말로 소매치기야. 그래서 그쪽으로는 잘 알아. 그 애, 이대로 계속 물건 훔치다가는 잡혀가. 그렇게 되면 경찰이 당신 찾아갈 거야. 그러면 곤란하지? 그러니까 앞으로는 물건 훔쳐오라고 강요하지 마."

"그래도……."

"돈이라면 저거 다 줄게. 이십만 엔쯤 될걸? 저 정도는 재수만 좋으면 하루에 쌔벼올 수 있어. 그러니까 앞으로는 애한테 강요하지 마."

"정말?"

그렇게 말하는 여자의 눈에는 피로의 깊은 안쪽에 희미한 번들거림이 보였다. 아무도 안중에 없는 것처럼 여자의 시선이 천천히 돈 쪽으로 빨려갔다. 그 순간, 여자의 온몸에 뭔가가 비춰진 것 같은 느낌이 들었다. 여자의 마른 어깨와 휘어진 듯한 몸과 그 느리게 번들거리는 한순간의 시선에 나는 가슴이 술렁거렸다.

"벗어. …… 마음이 바뀌었어. 그 값으로 쳐줄게."

내가 그렇게 말하자 여자는 마음속으로 뭔가를 이해한 듯 희미한 웃음을 띠었다. 그리고 내 얼굴을 빤히 바라보았다.

"알았어. 훔쳐오라고 하지 않을게. 애 밥도 잘 챙겨줄 거야."

여자는 주저 없이 스웨터를 벗고 스커트 호크를 풀면서 내게로 다가왔다. 자신의 가방 안에 손을 넣더니 "이거, 좋은데”라면서 알약을 꺼내 보였지만 나는 손으로 가로막았다. 여자가 뭔가 더 말하기 전에 “소매치기는 약은 안 해”라고 거짓말을 했다.

여자를 침대에 쓰러뜨리면서 사에코의 일을 생각하고 있었다. 사에코는 사 년 전까지 자주 만나던 여자다. 결혼을 해서 아이도 하나 있었지만 그녀는 내 집에 자주 찾아왔다.

“결혼하는 게 아니었어.”

그녀는 그렇게 입버릇처럼 말했다. 사에코는 나와 섹스를 하면서 울었다.

울면서 헉헉거리고 몸을 떨고 내 머리칼을 움켜쥐고 수없이 혀를 내 입속에 넣었다. 그녀의 몸은 말랐지만 아름답고, 조명을 받아 다양한 부분이 물결치는 것 같았다. 그녀는 울면서 뭔가를 삼키는 듯한 몸짓으로 입을 벌리고, 이윽고 어떤 감정인지 모를 것을 토해내듯이, 방출하는 수단이 우연히 그런 것인 것처럼, 터지듯이 웃곤 했다.

“나는 내 눈앞에 있는 가치들을 다 망쳐버리고 싶어.

…… 왜 그럴까. 그래 봤자 좋을 게 하나도 없는데. 내가 뭘 하려고 하는지, 알 수가 없어. …… 넌 뭔가 바라는 게 있어?"

사에코는 말을 할 때, 항상 내 얼굴을 보지 않았다.

"소매치기잖아? 와우, 대단해. 하지만 돈 때문인 건 아닌 거 같아."

"마지막, 때문인가?"

나는 갑작스레 입을 열고 있었다.

"마지막?"

"내 마지막이 어떻게 되는가. 이런 식으로 살아온 인간의 마지막이 어떻게 되는가. 그걸 알고 싶어서."

그때 사에코는 웃지 않았다. 왜 그런지 아무 말 없이 내 위에 올라타고 다시 섹스를 시작하려고 했다.

"꿈을 꿔. 백일몽에서도 항상 똑같은 걸 생각해."

사에코가 그 이야기를 한 건 나와 헤어지기 한 달 전이었다. 나와 그녀는 호텔의 붉은 조명을 받으며 옷을 주워 입기도 귀찮은 상태로 침대 위에서 천장이며 벽을 올려다보고 있었다.

"어딘가의 지하의 지하야. 주위는 온통 낡고 썩은 벽에 에워싸인 지독히 습한 장소. 나는 그 안에서 좀더 아래, 좀 더 아래로 떨어져 내려가. 그곳의 가장 밑바닥에 침대가 있어. 아무도 없는 침대. 침대가 있으니까 좀더 아래가 있다든가 하는 게 아니고, 그곳이 진짜로 가장 밑바닥이야. 그 침대는 우묵하게 파였고 거기에 정확히 내 몸이 꼭 맞아. 꼭 맞기는 한데, 그 침대의 우묵한 곳은 점점 나를 조이는 거야. 당신들의 팔처럼. …… 나는 침대의 우묵한 곳에 조여지면서 마음이 턱 놓인 것처럼, 뭐랄까, 성적으로 엄청 흥분하고 있어. 온갖 가치 있는 것들을 짓밟고서 나는 몸이 불처럼 뜨거워져서 그 속에서 몇 번이고 몇 번이고 절정에 도달해. …… 나는 울었다 웃었다 하고, 여러 가지 것을 부수고, 혀를 내밀기도 하고, 그렇게 몸의 경련이 멈추지 않는데도 여전히 풀려나지 못한 것처럼 정신을 잃고 또 금세 눈이 떠져……. 윤곽이 애매해지는 거야. 회색 연기같이 돼. 나는 그런 바람 같은 것인데도 아직 의식이 또렷해서 그 회색의 가느다란 물방울 하나하나, 그 물방울

끝부분까지 아플 만큼 계속 그런 감각을 느껴. …… 그래
서 나는 열기와 함께 하얗게 되는 거야. 하지만 그렇게 되
는 순간, 뭔가 고고한 것이 있어.”

그녀가 그렇게 말했을 때, 나는 그녀의 얼굴을 보았다.

“빛나는 것, 기다란 것이 바깥의 높직한 곳에 자리 잡고
있어. 나는 어딘가의 밖으로 뛰쳐나온 것 같은 상태가 돼.
그리고 그것을 보면서, 저건 뭘까, 하고 생각해. 그건 아
름답고 구름보다 높고 끝이 보이지 않아. 그래서 생각하
는 거야. 나는 저곳에는 갈 수 없다, 이 연기처럼 뜨거워진
지금 이 하얀 것이 정점이다, 라고. 정점이라고 해도 올라
가는 게 아니야. 뭐랄까, 그곳이 내 한계치랄까, 그런 의미
야. …… 엄청 기분이 좋고, 온갖 가치를 엉망진창으로 만
들어서 나는 감각만 남은 존재가 되고, 어떻게도 할 수 없
이 뜨거워져서 그대로 사라져……. 빛이 나고 기다란 것은
저 멀리에 있지만 그래도 나는 만족하면서 그 파멸의 휘하
에서 죽는 거야. 분명하게 그것은 높직하고 아름다웠지만,
그것을 동경하여 마지않았지만, 그래도 그게 내가 바라는
것의 최대치니까.”

여자는 알약 때문인지 부르짖듯이 몇 번이나 소리를 지르며 내 등과 어깨와 배에 손톱을 박았다. 끝난 뒤에도 여자는 내 입속에 한참이나 혀를 넣고 있었다. 나는 아직 사에코의 일을 생각하고 있었다.

"하지만 실제 파멸은 그런 추상적인 게 아니야." 그녀는 언젠가 그렇게 말했다. "파멸에는 항상 시시한 형식이 있어. 시시해빠진 현실적인 형식이 따라붙어."

여자는 마침내 몸을 떼어내더니 내 담배에 불을 붙이고 깊이 빨아들였다. 몸을 다시 맞대고 내 심장 위에 손을 얹었다. 비는 어느새 멎고 주위는 조용했다. 멀리서 높직하게 울리는 사이렌 소리가 들렸다.

"자기, 또 만나줘." 여자는 그렇게 말하더니 내 어깨에 코를 박았다. "이제 돈은 이렇게 많이는 필요 없고 조금만 줘도 되니까."

"아니……."

내가 그렇게 말하자 여자는 목소리를 조금 높였다. 그 목소리가 일순 사에코와 겹쳐지는 것 같아서 나는 시선을 돌려버렸다.

“좋았지? 좋았을 거야, 역시.”

“아니, 그런 뜻이 아니야. 원래 매춘은 인간 최초의 직업이라고 하던데.”

“최초의? …… 그럼 두번째는?”

“소매치기. 도둑질. …… 이건 진짜야.”

“소매치기가 직업인가?”

여자가 그렇게 물어서 나는 피식 웃었다.

“그건 나도 모르겠고, 아무튼 파멸할 거면 당신 혼자서 해야지. 아이까지 끌어들이지 마.”

사이렌 소리는 점점 커져서 이윽고 바로 근처에서 뚝 멎었다.

“알았어. 이제 물건 훔쳐오라고 안 할게. 남자친구 올 때는 바깥에 나가 있으라고 할 거고. 그러면 되지? 그 사람, 가끔 애한테 손을 대는 통에.”

“손을 대?”

“아, 아주 조금이야. 슬쩍 치는 정도. 술 취했을 때.”

“아무튼 물건 훔치는 건…….”

“알았어. 아무튼 나하고 또 만나줘, 웅?”

그녀는 시계를 바라보더니 옷을 입고는 돈을 움켜쥐었다.

여자가 나간 뒤에도 나는 멍하니 사에코의 일을 계속 생각했다. 나와는 이제 더 이상 만날 수 없다고 말할 때, 그녀는 울고 있었다.

"내가 망가져버리면, 지금도 충분히 망가진 여자지만, 정말로 파멸해버리면 또 만나줘."

그렇게 말했을 때, 그녀는 분명 진지했었다고 생각한다. 나는 그녀의 얼굴을 조금이라도 더 오래 보기 위해 시선을 돌리지 않았다.

"다음에 만날 때, 내가 훨씬 더 망가져 있으면 되지. …… 너한테 지지 않을 만큼."

내가 그렇게 말하자 사에코는 희미하게 웃었다.

"응, 그렇게 해. …… 너는 어떤 인간에게도 이상하다는 얼굴은 하지 않는 사람이니까."

하지만 그녀는 내게 연락하지 않은 채, 스스로 죽었다. 어딘가로 사라져버렸고 남편이 발견했을 때는 대량의 약을 먹은 뒤였다. 옆에는 유서도 뭣도 없었다.

그 사실을 알게 된 날 밤, 나는 거리로 나가 부자건 보통 사람이건 가리지 않고 지갑을 훔쳤다. 사람들 속으로 파고 들어가 지갑을 훔치고 휴대전화를 훔치고 손수건이며 껌이며 영수증 조각까지 훔쳤다. 나는 호흡이 흐트러진 채 나 자신 속을 내달리는 긴장과 쾌락 속에서 다양한 물건들을 계속 훔쳤다. 머리 위에는 하얗고 높직한 달이 있었다.

11

오랜만에 밖에 나왔지만 가는 비가 바람에 흔들려서 주위는 온통 안개가 긴 것처럼 다양한 것들이 부옇게 흐려 보였다. 작업복을 입은 외국인 무리와 마주쳤고 지독히 짧은 스커트를 입고 큰 소리로 전화를 하는 여자 옆을 지나쳤다. 뒤에서 따라오는 아이를 알아챘지만, 무시하면 포기하고 갈 거라고 생각하고 계속 걸었다. 휴대전화를 의미도 없이 움켜쥔 채 자동판매기에서 캔 커피를 사서 손을 녹였다. 열은 떨어졌지만 아직 머리에 통증이 남아 있었다. 캔 커피를 마시고, 어디로 갈까 생각했다.

하네다 공항보다는 근처 호텔이나 뭔가 이벤트에 섞여 드는 편이 좋겠다고 생각했다. 편의점에 가서 이벤트를 알아보기 위해 잡지를 샀다. 봉투를 들고 나오자 길 앞에 주차해둔 타이어가 지저분한 트럭 뒤에 그 아이가 있었다. 아이가 포기하도록 하기 위해, 그리고 잡지를 읽기 위해 나는 오래된 찻집에 들어갔다. 가게 안은 어슴푸레하고 습기가 있고 천장이 약간 낮은 듯한 느낌이 들었다. 방금 마신 뒤였지만 나는 커피를 주문했다.

여점원은 짧은 스커트를 입고 검은 스타킹으로 다리를 감싸고 있었다. 아이의 엄마를 떠올렸을 때, 아이가 찻집 안으로 들어왔다. 유리문이 가는 비에 젖어 있었다. 아이는 나와 마찬가지로 우산을 쓰지 않았다.

아이는 내 테이블에 앉았다. 웃는 얼굴로 다가온 짧은 스커트의 여점원에게 오렌지 주스를 주문했다. 나는 담배에 불을 붙이며 아이의 더러운 옷차림을 보았다.

"집에 가라."

내가 그렇게 말해도 아이는 대답을 하지 않았다. 그리고 내 말은 들은 적도 없다는 듯이 작게 입을 열었다.

“돈 뺏겼어.”

“그래?”

“…… 근데 십만 엔뿐이야, 뺏긴 건. 십이만 엔은 내가 갖고 있어.”

“응.”

아이는 오렌지 주스가 나오자 그것을 마시는 게 매우 중요한 일이라는 듯 시선을 멈춘 진지한 표정으로 빨대를 입에 물었다.

“됐으니까 그만 집에 가. 나는 할 일이 있어.”

내가 그렇게 말했지만, 아이는 오로지 오렌지 주스만 생각하는 것처럼 계속 마시고 있었다.

“하는 거, 보여줘.”

“안 돼. 말했지, 방해된다니까.”

아이는 주스를 다 마시자 내 커피를 바라보며 빨대 봉지를 만지작거리기 시작했다.

“그냥 멀리서 보기만 할 거야. 내 마음대로 그냥 멀리서 보는 건 괜찮잖아.”

“안 돼.”

“왜? 멀리서 보기만 하면 방해도 안 돼.”

아이는 전보다 곧잘 말을 했다.

“집에 가기 싫으면 도서관에 가서 책이라도 봐.”

“엄마하고 그런 거 했어?”

가게의 아주 작은 조명이 유리잔의 물 표면에 반사되고 있었다. 나는 적잖이 놀랐지만, 표정에 드러나지 않도록 의식했다. 나는 숨을 천천히 들이쉬었다.

“뭐, 너도 뻔히 다 알잖아. 나는 너의 구세주가 아니야. 그냥 보통 사람이야.”

“…… 됐어, 뭐.”

아이는 아래를 바라보고, 빨대 봉지를 계속 만지작거렸다.

“익숙해졌으니까. 직접 본 적도 있고.”

“그래도 싫지?”

“싫어. 하지만…….”

아이는 허벅지를 긁적이고, 뭔가 말하려다 관뒀다. 유리잔의 얼음이 녹아서 밑에 남은 오렌지 주스와 뒤섞여 점점 더 불어난 그 물을 아이는 소리 내어 빨대로 빨았다. 가게

스피커에서는 크리스마스캐럴이 흘러나왔다.

"그 사람이 아니라 아저씨라면 괜찮은데……."

"안 돼."

"우리 엄마로는 안 돼?"

"아버지는?"

"몰라."

나는 왜 아이에게 질문 따위를 한 것일까. 영수증을 집어 들고 밖으로 나오자 아이가 따라왔다.

신주쿠 역 동쪽 출구를 나와 계속 움직이는 인간의 흐름을 피해가며 네온 불빛 아래를 걸었다. 복합 빌딩의 벽에 기대서서 담뱃불을 붙이다가 마주 걸어오는 노숙자와 눈이 마주쳤다. 아이는 노숙자에 겁을 먹고 내게 다가와 옷자락을 잡으려다가 그만두었다. 나는 계속 담배를 피우며 제각각 움직이는 혼잡한 사람들의 흐름을 바라보았다.

"인간이 항상 집중하고 있는 건 아니야. 하루 중에 몇 번이고 의식이 산만해져."

"응."

아이는 왜 그런지 조금 전 찻집의 알록달록한 종이 컵 받침을 들고 왔다.

"누군가 부른다든가 아니면 뭔가 큰 소리가 났을 때, 인간의 의식은 대부분 그쪽으로 쏠리게 돼. 방금 너도 노숙자에게 정신을 빼앗겼어. 인간의 인식에는 한계가 있는 거지. 좀더 말하자면, 숨을 들이쉴 때와 멈출 때는 민감하지만, 내쉴 때는 풀어져버려."

아이는 내 옷자락에 시선을 던졌다.

"소매치기는 그런 인간의 의식을 이용하는 거야. 가장 고전적인 기술은 툭 몸을 부딪치고 그 순간에 지갑을 빼내는 거. 하지만 사실 소매치기는 혼자서 하는 게 아냐. 동료가 있어야지. 세 명이 기본이야. 부딪치는 역할, 옆에서 그 순간을 가려주는 역할, 빼내는 역할……. 부딪칠 때도 힘껏 부딪치는 게 아니야. 슬쩍 어깨가 마주치는 정도면 돼. 이렇게 사람이 혼잡할 때는 앞에서 걸어가다가 갑자기 멈춰 서면 뒤에서 오던 사람은 균형을 잃겠지? 그런 정도면 돼. 왼쪽에서 오는 시선은 실제로 지갑을 빼내는 친구가 차단하고, 오른쪽과 뒤쪽에서 오는 시선은 가려주는 역할을 맡은 친구가 차단해. 빼내는 친구는 지갑을 빼내면 곧바로 감추는 역할을 맡은 친구에게 건네줘. 그렇게 하면 잡으려야 잡을 도리가 없어.”

휴대전화로 통화하면서 걸어가는 여자 옆을 호스트가 추근추근 달라붙고 있었다. 추한 얼굴을 억지로 햇볕에 태운 남자의 모습은 헉하고 놀랄 만큼 끔찍했다.

“다섯 명이라면 두 사람이 일부러 싸움을 해서 주위 사람들이 거기에 신경을 빼앗긴 사이에 남은 세 사람이 그 구경꾼들의 지갑을 빼낼 수 있어. 길거리 곡예단과 소매치기가 한패였다는 이야기도 있지. 내가 전에 말했던 그 사람, 천만 엔을 훔쳤다는 그 사람도 작업할 때 그 방법을 썼어. 그 친구가 술에 취해 시비를 거는 척하면서 상대의 품에 파고들면 내가 말리러 중간에 들어서서 지갑을 빼내는 거야. 아니면 내가 누군가의 다리를 걸어 넘어뜨리고 도망치면 그 친구가 넘어진 사람을 부축해주면서 지갑을 빼내기도 하고. …… 노숙자에게 몇 푼 쥐여준 뒤에 사람들 속에서 ‘소매치기다!’라고 외치라고 한 적도 있어. 그러면 사람들은 무의식중에 일제히 자기 지갑이 있는 곳을 더듬거

든. 각자 지갑이 어디 들어 있는지 알아내면 빼내기가 한
결 쉬워. …… 하긴 너처럼 어린애가 품속의 지갑을 빼내
는 건 어려워. 한다면 바지 뒷주머니 쪽이지. 나는 도구는
별로 좋아하지 않지만, 작은 칼을 쓰는 것도 괜찮아. ……
주머니 박음질 선을 따라서 자르면 지갑은 중력 때문에 아
래로 떨어지거든. 하지만 아무튼 기본은 상대의 의식을 어
떻게 흩뜨리느냐는 거야.”

내가 걸음을 떼자 아이는 내 뒤를 따라왔다.

“거기 서 있어. 딱 한 번만 보여준다.”

나는 조금 전에 지나간 끔찍한 호스트를 눈으로 좇았다.

“저자는 오른쪽 뒷주머니에 지갑이 들어 있어. 내가 지
금부터 저자 뒤에 붙어서 구두 뒤꿈치를 밟을 거야. 그래
서 균형을 잃었을 때 그 몸의 움직임에 맞춰서 지갑을 빼
낼 거고. 뒤꿈치를 밟는 방법에도 물론 포인트가 있어. 발
을 앞으로 떼려는 순간을 노려서 밟아야 해. 그렇게 하면
대개는 앞으로 휘청 몸이 기울어. 주위의 시선은 내 코트
로 가릴 거야.”

나는 코트 단추를 풀고 그 호스트에게로 다가갔다. 호

스트는 주위를 둘러보다가 화려한 차림의 여자를 찾아내고 방향을 바꾸었다. 나는 그 뒤에 붙어서 코트를 슬쩍 펼쳐 왼쪽에서 오는 시선을 가로막았다. 오른쪽에 시선을 던져 사람이 없는 것을 확인하고, 오른쪽 발꿈치를 밟는 것과 동시에 지갑을 손가락 사이에 끼웠다. 그가 균형을 잃은 순간, 그 몸의 흐름에 맞추어 지갑을 쓰윽 뽑아냈다. 지갑은 오른쪽 소매에 넣고, 넘어질 듯 휘청하면서 뒤를 돌아보는 호스트에게 가볍게 미안하다고 고개를 숙이고 바쁜 척 걸음을 옮겼다. 호스트는 뭔가 한마디 하려고 했지만 시선을 돌려 아까 발견한 여자를 향해 급한 걸음으로 뛰어갔다. 지갑을 소매에 넣은 채 돌아서자 아이가 쫓아왔다.

"뺐어?"

너무도 전형적인 갈색 루이비통 지갑이었다.

"겨우 팔천 엔……. 김새네. 지갑은 이 근처 도랑에 버릴 거야."

"잘 안 보였는데. 하지만 상대의 움직임에 맞춘다는 건 좀 알겠어."

“그래?”

아이는 그렇다고 주장하듯이 고개를 크게 끄덕였다.

“넌 아직 어리니까 어린애답게 세게 부딪치는 게 좋을지도 모르겠다. 부딪친 순간에 지갑을 빼내는 거. 그리고 미안하다고 말하고 부딪쳤을 때와 마찬가지로 다시 뛰어가는 게 낫겠어. 하지만 지하철이라면 들켰을 때 도망갈 데가 없어.”

“나도 해볼래.”

“넌 못해. …… 그냥 나한테 해봐.”

근처에 있는 마루이 백화점에 들어가 화장실 거울 앞에 섰다. 나는 코트를 벗고 바지 뒷주머니에 지갑을 넣었다. 아이는 내게 부딪친 순간, 지갑을 빼냈다. 검지와 중지, 약지 사이에 끼워냈다.

“다시 한 번 해봐.”

아이는 같은 동작을 되풀이하고, 마찬가지로 지갑을 빼냈다. 내가 휘청하는 순간과 지갑을 빼낸 순간이 거의 같은 타이밍이었다. 그 나이 때쯤의 나와 비슷하게 손놀림이 잽싸서 실수를 하지 않는 한, 들킬 일은 없겠다고 생각했다.

"아니, 전혀 안 됐어. 아직 멀었어."

나는 말했다.

인파의 흐름은 아까보다 불어나 있었다. 옷이라도 한 벌 사줘야겠다고 생각했는데 아이가 그만 돌아가겠다고 중얼거렸다. 아직 멀었다고 해서 토라진 줄 알았더니, 아이는 집에 늦게 가면 맞는다고 조용히 말했다.

"엄마한테?"

"아니, 항상 집에 있는 남자한테."

아이는 태연한 얼굴로 나를 보고 있었다.

"술 취하면 가끔 때려. 뭔가 화낼 거리를 찾는 거 같아. 그래서 늦게 가면 재미없어."

택시를 세우고 호스트에게서 빼낸 팔천 엔을 아이에게 주었다. 문이 닫히기 전에 아이는 다시 만나달라고 작게 말했다.

"안 된다고 해도 올 거잖아."

내가 말하자 아이는 고개를 끄덕이고 희미하게 웃는 것

처럼 보였다.

달려가는 택시를 바라보며, 아마도 그 동거인은 아이 엄마의 직업을 알고 있을 거라고 생각했다. 어쩌면 그 동거인의 요구에 따라 아이 엄마는 움직이고 있는지도 모른다. 백화점 쇼윈도에 잘 차려입은 어린이 마네킹이 있었다. 적당히 사버릴까 하고 생각했을 때, 차도를 끼고 맞은편 길에서 부유해 보이는 남자를 발견했다. 손에 쥔 돈이 없어서 마침 잘됐다고 생각했다.

사에코의 얼굴이 떠오르고, 그녀의 아이는 지금 무엇을 하고 있을까 하고 생각했다. 그녀의 아이도 아마 비슷한 나이일 것이다. 맞은편 길에서 발견한 남자의 앞쪽으로 돌아가 가볍게 부딪치고 지갑을 손가락 사이에 끼웠다. 아주 좋은 옷보다는 자주 갈아입을 수 있게 옷을 많이 사주는 편이 좋을지도 모른다. 그때 심장의 고동이 격하게 흐트러지고 내 손목이 누군가에게 잡혀 있었다. 나는 무슨 일이 일어났는지 순간적으로 깨닫지 못했다. 도망치려고 했지만 내 손목을 잡은 손가락에는 기묘한 힘이 있었다. 손이 완전히 고정되고 몸은 경직된 것처럼 그 자리에서 꼼짝도 할 수 없었다. 주위 사람들이 우리의 이변을 알아차리지 못하고 지나쳐갔다. 네온 불빛이 있고 꼬리를 물고 달려가는 자동차들이 있고 높직이 솟은 거대한 복합 빌딩의 무리가 있었다. 바로 눈앞에 내 손목을 움켜쥔 기자키가 있었다. 선글라스를 끼고 무표정한 얼굴, 머리칼은 부자연스럽게 짧고 목에는 왜 그런지 상흔이 없었다. 인파의 흐름은 우리를 피해 계속 움직였다. 나는 그자에게서 시선을 뗄 수가 없었다.

"오랜만이다. 내내 지켜보고 있었어."

흐트러지는 호흡을 어떻게도 할 수 없었다. 왜 그가 이곳에 있는지, 영문을 알 수 없었다.

"예전에 신미가 말했거든. 너희는 부자만 노린다면서? 멀리서 네가 눈에 띄기에 슬슬 다가와서 일부러 눈앞을 지나갔는데, 역시 대단하구나. 정말 이 근처에서는 내가 가장 돈을 많이 갖고 있지."

12

그자에게 팔목을 잡힌 채 가부키초를 빠져나와 어둠 속의
복합 빌딩으로 들어갔다. 폭력으로 대들어도, 어떤 식으로
발버둥 쳐도 소용없다고 생각될 만큼 그자의 힘은 강력했
다. 오히려 도망칠 경우의 위험성을 감지하면서 암흑의 계
단을 올라갔다. 콘크리트 층계참은 모래와 흙으로 지저분
하고 회색 벽은 군데군데 검고 묵직하게 변색되어 있었다.
돌아갈 출구는 이미 먼 곳이었다. 간판도 문패도 없는 문
을 열자 안에 또 한 장의 검은 철문이 있고 그것을 열자 격
렬한 소리와 함께 붉은빛이 비쳐들었다. 여러 명의 남녀가

강한 조명 아래 움직이고 있었다. 소파와 테이블이 있고 그 위에서 꿈틀거리는 벌거벗은 몸뚱이가 있었다. 테이블 위에 앉은 여자의 벌린 다리 사이에 노인이 얼굴을 파묻고, 젊은 남자의 움직임에 환희하는 여자의 부르짖음이 들리고, 서로 혀를 집어넣으며 소파 위에서 오르락내리락하는 여러 명의 남녀가 있었다.

그자는 내 팔목을 잡은 채 그들 사이를 빠져나갔다. 남자의 성기를 입에 머금은 여자와 눈이 마주쳤고 그 건너에서는 젊고 잘생긴 두 남자가 집요하게 몸을 더듬고 있었다. 입을 헤벌린 여자의 얼굴이 있었다. 웨이터가 말없이 카운터에서 내려와 주위의 남녀는 아랑곳없이 그자를 선도했다. 개처럼 바닥에 엎드린 여자가 뭔가를 외치며 내 다리를 부여잡았다. 나는 그 팔을 뿌리쳤지만 여자는 내 다리를 붙잡은 것도 뿌리쳐진 것도 알지 못하는 듯했다. 벌렁 누워서 어딘가를 바라보는 여자의 몸이 있고 바닥에 쓰러진 체격 좋은 남자의 모습이 있었다. 목이 졸려 발랑 젖혀진 여자 옆을 지나자 여자의 혓바닥에 온몸을 내맡긴 남자와 바닥에서 혼자 경련하는 여자 너머에 문이 있었다.

나는 왜 그런지 이 플로어에 이시카와가 있을지도 모른다는 생각에 사로잡혔다. 웨이터가 문을 열고 좁은 복도 건너편으로 이어지는 또 다른 문을 열자 좁은 방이 나왔다. 마주 바라보는 소파 중앙에 작은 은빛 테이블이 있었다. 인상파풍의 흐릿한 식물 그림 외에 벽에는 아무것도 걸려 있지 않았다.

"뭐 좀 마실래?"

그자는 조금 전의 광경을 태연히 무시하듯이 그렇게 말을 꺼냈다.

"필요 없어."

"그럼, 물하고 그거."

그자의 말에 웨이터는 깊숙이 머리를 숙이고 문을 닫고 나갔다. 소리가 완전히 사라진 정적의 방 안에서 누군가 멀리서 부르듯이 높은 이명이 울렸다.

"여긴 지옥이야. 어때, 재미있지?"

그자는 담배 케이스에서 한 개비를 뽑아 입에 끼우며 말을 이었다.

"하지만 안전한 지옥이지. 성병 검사를 패스한 사람이

아니면 들어올 수 없거든. 아무튼 일단 회원이 되면 끝장이야. 지옥이니까. 단골이 되지 않은 인간은 하나도 없어."

노크 소리가 들리고 웨이터가 들어왔다. 나선이 새겨진 긴 유리잔과 위스키 병, 그리고 투명한 유리잔과 물이 든 병을 테이블에 내려놓았다. 웨이터가 나가자 다시 방 안은 조용해졌다.

그자는 침묵한 채 웃음을 지으며 위스키를 마시기 시작했다. 나는 갈증으로 통증이 느껴지는 목구멍을 조금씩 물로 적셨다. 그자가 손가락 끝으로 테이블을 두드리며 나를 계속 보고 있었다.

"우연히 만난 거 아니지?"

나는 그렇게 말했지만, 적셨다고 생각한 목구멍이 아직도 컬컬했다. 양팔 안쪽 근육이 찌릿하게 마비되었다.

"우연일 리가 없지. 네가 도쿄에 돌아온 건 한참 전부터 알고 있었어."

"왜?"

"다치바나에게서 들었어. 아, 그 녀석이 말하지 않았어도 금세 알 수 있어. 마침 너를 좀 만나려던 참이었거든. 네가 오늘 신주쿠에 나타났다고 부하에게서 보고가 들어왔어. 창문으로 내다보니까 정말로 있더라. 가까이 다가갔더니 네 쪽에서 다가왔어. 역시나 소매치기야.”

“이시카와는?”

“사라졌지, 흔적도 없이.”

심장에서 둔한 통증이 느껴졌다.

“정확히 말하면 이만 남았어. 몸뚱이는 태웠고 뼈도 태워서 하얀 가루를 만들었어. 이는 도쿄 만 어딘가에 흩어졌을 거야. 그것까지 가루를 만드는 건 상당히 귀찮은 일이거든. 어딘가에 사체가 묻혀 있는 게 아냐. 문자 그대로 사라졌어.”

“나도 사라지는 건가?”

“그때 전해준 말을 들었을 텐데? 너는 살려둘 거라고 했지. 이용 가치도 있고, 꽤 재미있을 거 같아서. 그 녀석은 너무 많은 걸 알고 있었어. 너에게는 아무 말 안 했겠지만, 너무 많은 걸 알았기 때문에 그만 빠지겠다고 하더라고. 그래서 죽이기 전에 강도 작업을 좀 거들게 했을 뿐이야.”

몸에 힘이 주어지지 않고 내가 어디를 보고 있는지 한참 동안 알지 못했다. 선글라스에 가려진 그자의 눈이 꿈쩍도 하지 않고 곧장 나를 바라보는 것만 같았다.

"왜 그 일을……?"

"뭐?"

"왜 그 일을 당신들끼리 하지 않았어. 어째서 우리를?"

내 말에 그자는 입술을 슬쩍 들췄다. 이런 사람도 입술을 들추고 웃는구나. 왜 그런지 그 순간 나는 그런 생각을 했다.

"혹시라도 계획이 틀어져서 경찰이 중국인 강도단으로 판단하지 않을 경우를 대비해서 사체가 필요했어. 강도 범인들의 사체가. 너희를 또 다른 가공의 강도 그룹으로 내세워서 우리와는 별도의 조직에서 보낸 것처럼 꾸미려고. 그런 때, 가까운 놈들을 죽이면 아무래도 나와 연관되게 마련이지. 뭐, 그래도 나까지 알아내지는 못하겠지만 아주 가까운 곳까지 더듬어오게 돼. 하지만 너희가 죽어봤자 경찰에서는 우리가 꾸민 것 외에는 알아낼 게 없어. 왠지 알아?"

나는 침묵했다.

"너희는 혈육이 없기 때문이야. 이 세상에서 너희는 외톨이이고, 너희가 죽어도 알아줄 사람이 단 한 명도 없기 때문이야. 신원이 판명될 때까지 시간이 아주 오래 걸리지. 아무 단서도 없는 사체를 마주했을 때, 경찰은 우리가 만든 가공의 증거를 덥석 물게 마련이야. 그때 나한테는 그런 '프리'한 인간이 필요했어. 하긴 프리한 놈이면 나한테서 도망칠 수 있는 자유도 있겠지만."

"그때……." 내 목소리는 약간 떨렸다. "강도가 목적이 아니었지? 돈과 서류도 필요했겠지만, 가장 큰 목적은 살인이었어."

"맞아. 하지만 약간 틀렸어."

그자는 술을 마시며 웃고 있었다.

"매스컴에서 돌연한 강도 사건으로 사망했다고 떠들어서 세간에 동정 여론이 형성되는 모양새로 죽일 필요가 있었거든. 하지만 몇몇 인간들은 그 정치인을 죽인 게 나라는 걸 뻔히 알아. 그게 바로 포인트야. 나한테 대들었다가는 자칫 죽는 수가 있다는 것. 하지만 그뿐만이 아니야. 기차 플랫폼에서 갑자기 떠밀려서 죽거나 사살된 시체로 발견되거나, 그런 의혹투성이의 난폭한 살해 방법이 아니야. 돌연한 강도 사건으로 사망했다고 세상 사람들이 완전히 믿어버리는, 의혹이라고는 단 한 점도 없이 완벽한 사건으로 죽는 거. 어때, 이건 말 그대로 공포겠지? 나를 중국 마피아도 조종할 만큼 거대하다고 생각하는 사람이 있는가 하면, 중국 마피아의 소행으로 여겨질 만큼 범죄 노하우와 시스템이 있다고 생각하는 인간도 있지. 어느 쪽이건 그건 나에 대한 공포로 이어져."

그자는 술로 입술을 적시며 뺨 안쪽의 살을 부드럽게 쓰다듬듯이 입안에서 혀를 움직였다.

"그 정치인은 어느 이권과 거기에 관련된 권력 이면에 있는 중요한 인물의 심부름꾼 중 한 사람이었어. 그 존재가 방해가 됐지. 그리고 그 노인네의 죽음에 엄청난 공포를 느끼고 우리와의 거래를 떨떠름하게 여기던 인간들이 순순히 거래에 응하게 됐어. 물론 거래 장소에서는 그 사건에 대한 얘기는 털끝만큼도 내비치지 않아. 위에서 허가가 떨어졌다느니 역시 이익을 우선하겠다느니, 그야말로 상투적인 소리들만 하지. 하지만 그 거래의 대부분은 어느 정도 장애가 있었고, 그 장애 중의 몇 가지는 그때 빼앗아 온 서류로 깨끗이 제거할 수 있었어. 그걸로 몇 놈은 죽게 된다는 것도 다 알고 있었고 그놈들이 죽어주면서 우리는 좀더 쉽게 움직일 수 있게 된다는 것도 다 알고 있었어. 이렇게 되면 저렇게 되고 저렇게 되면 그렇게 된다. 모든 건 퍼즐이야. 이번에 우리가 얻은 이득은 너희에게 건넨 보수 따위는 하찮은 종잇조각으로 여겨질 정도야. 이득뿐만이 아니지. 권력도 움켜쥐게 됐어. 그리고 그건 단순히 사이드 비즈니스고 내게는 별로 큰일도 아냐.”

“왜 나를 살려뒀지?”

“죽일 이유가 없지. 내가 말했잖아? 너는 이용 가치가 있어. 하지만 내 휘하에 소매치기 따위가 두 사람이나 있을 필요는 없어. 네가 나타나지 않았다면 신미는 죽지 않았을지도 모르겠다. 하긴 모두 내 기분에 따라 그때그때 달라지는 거지만. …… 아무튼 네가 좀 해줄 일이 있다.”

그자는 내 얼굴을 빤히 바라보았다. 나는 자리에서 냉큼 일어설 수 있도록 다리에 힘을 넣었다.

“사양한다.”

목구멍에 압박감이 느껴져서 숨쉬기가 힘들었다. 그자가 조용히 숨을 들이쉬는 기척을 느끼고 나는 자리에서 일어서려고 했다.

“요즘 사이좋게 지내는 아이가 있던데? 그 어미하고는 벌써 잤냐?”

그자의 선글라스 안쪽으로 희미하게 눈의 윤곽이 보였다.

“협박치고는 너무 고전적인데?”

“그래, 고전적인 협박이 가장 잘 듣지.”

그자는 그렇게 말하더니 소리 내어 웃었다.

“신미도 그렇고 너도 그렇고, 정말 멍청한 놈들이야. 그런 밑바닥 인생을 선택한 주제에 항상 어딘가에 연결되려고 한단 말이야. 그야말로 멍청함의 극치야. 너희는 사실 계속 고독한 프리로 있는 게 좋았어. 똑똑히 들어. 신미가 그때 강도 사건에 참가하기 전에 내빼지 않은 건 너 때문이었어.”

“…… 신미가?”

"그래. 강도 사건에 참여해서 둘 다 살겠느냐, 아니면 둘이 함께 도망쳐서 둘 다 죽겠느냐, 둘 중에 하나를 선택하라고 요구했거든. 혼자였다면 그놈은 죽을 위험이 있더라도 당장 도망쳤을 거야."

담배에 불을 붙이려고 했지만 재떨이에 불이 붙은 담배가 남아 있었다. 그자는 그 담배의 연기를 빤히 바라보고 있었다.

"한마디로 너는 이미 내 휘하에 있어. 넌 사양할 권리가 없어. 그 어미와 아들이 끔찍하게 죽기 때문이지. 그게 너의 운명이야. 운명이라는 건 강자와 약자의 관계하고 비슷하다고 생각하지 않나? 종교에 눈을 돌려보면 알 거야. 야훼를 따른 이스라엘 사람들이 왜 야훼를 두려워했을까? 바로 그 신에게 힘이 있었기 때문이야. 신을 믿는 인간은 많건 적건 신을 두려워해. 왜냐하면 신에게 힘이 있기 때문에."

그자는 다시 술을 마셨다.

"만일 그 신이 세계를 창조한 존재가 아니라 그저 슈퍼파워를 가진 초인적 존재라고 한다면, 어때, 마찬가지 아니야? 그들은 복종하고 의식을 올리고 그 슈퍼 파워에 자신들의 번영을 빌 거야. 내가 이야기 하나 해주지. 오늘 기분이 아주 좋으니까."

그자가 휴대전화를 울리자 웨이터가 다시 술과 물을 내왔다. 내 물은 어느새 없어져서 유리잔 표면이 말라 있었다. 웨이터는 무표정하게 움직인 뒤 마찬가지로 그자에게 머리를 숙이고 밖으로 나갔다. 플로어에서는 아직도 남녀가 꿈틀거리는 기척이 들려왔다.

"옛날, 아직 노예제가 남아 있던 시절의 프랑스에 어느 귀족이 있었어."

그자는 술에 취한 것 같았지만 거무스레한 얼굴에 변화는 없었다. 매우 유쾌한 듯이 내게 얼굴을 향하고 어슴푸레한 소파에 몸을 묻은 채 말을 할 때마다 손을 움직였다.

"그 귀족의 성에 열세 살 소년이 하인으로 팔려왔어. 아주 아름다운 소년이었지. 귀족은 인생에 싫증이 나서 늘 유쾌한 재밋거리를 찾고 있었어. 남아도는 막대한 재산을 풀어 입수할 수 있는 건 모조리 제 손에 넣었던 거야. 매일 같이 온갖 여자를 품었고 권력도 명성도 모조리 소유한 왕처럼 군림했어.”

그자는 작게 숨을 들이쉬었다.

“귀족은 그 소년을 보며 이 녀석의 인생을 자신이 하나에서 열까지 규정해주기로 결심했어. 소년의 인생의 진로, 그 기쁨과 슬픔, 그리고 죽음에 이르기까지 자신이 모조리 정해주기로 한 거야. 항상 야훼의 휘하에 있었던 아브라함이나 모세처럼. 귀족은 일 년 동안 그 소년의 인격과 능력을 관찰했어. 이렇게 하면 이 녀석은 이렇게 되리라는 것을 대충 짐작하게 됐지. 그리고 종이를 꺼내 며칠 동안이나 그 귀족은 소년의 미래를 기록하기 시작했어. 바로 운명의 노트야. 그 노트의 내용은 이제 바뀔 일이 없어. 귀족이 그곳에 적어둔 대로 소년은 살아가야 해.”

실내의 오렌지색 조명이 그자의 선글라스에 동그랗게 비쳤다.

“열다섯 살이 된 소년은 한 소녀를 만났어. 하지만 그들의 사랑이 맺어지기 전에 소녀는 먼 영지로 떠나게 되고, 삼류 영화처럼 눈물을 흘리며 헤어져. 그 소녀를 소년에게 붙여준 것도 그 귀족이었고, 헤어지게 한 것도 당연히 그

였어. 열여덟 살 때, 단 하루만 농노이던 양친을 만나러 가도 좋다는 허락을 받았지만, 그날 일가족은 산적의 습격을 받게 돼. 당연히 그것도 귀족이 지시한 일이고 귀족의 노트에 미리 적혀 있던 일이야. 소년의 눈앞에서 부모가 무참히 살해되었어. 그때, 귀족은 의자에 앉아 뛰는 가슴을 억누르고 있었던 거야. 자신이 하는 일이 두려워서 가슴이 뛰었던 게 아냐. 자신이 풀어놓은 산적이 자칫 소년까지 죽여버릴까 봐 그게 걱정이었던 거지.

그날 이후, 실의와 분노로 소년의 얼굴에서는 순식간에 어린 티가 사라져버렸어. 그리고 때마침 귀족의 사설 병대에서 검술을 배우지 않겠느냐는 제안이 들어왔어. 원래 노예는 기사가 될 수 없지만 전쟁터에는 참가할 수 있었거든. 물론 산적을 토벌하는 데도 참가할 수 있어. 소년은 검술을 배우겠다고 했어. 당연히 병대의 대장도 귀족의 명령에 따라 움직인 거였지. 소년은 성의 하인으로 일하면서 밤에는 검술을 배웠어. 소년에게 평생 사라지지 않는 상처와 생의 보람이 동시에 생긴 거야. 소년은 야훼에게 번롱당한 욥처럼 어찌하여 자신을 이렇게 만들었느냐고 신께

호소하는 일은 없었어. 자신이 귀족의 관리 아래 있다는
건 꿈에도 생각하지 못했기 때문이지.

　귀족은 소년의 삶에서 일어날 세세한 사건까지 낱낱이
기록해뒀어. 이를테면 소년이 어느 하녀의 유혹을 받아 섹
스를 하는 바람에 집사의 처벌을 받을 처지가 되는데 귀족
의 선처에 따라 겨우 구출되기도 하는 거야. 소년은 그 일
로 더욱더 귀족에게 충성을 맹세하게 돼. 그 밖에 하인으
로서의 상벌 사항까지 소년은 하루하루를 운명의 노트대
로 살아가는 거야. 그리고 스물세 살 때, 소년은 인생의 절
정을 맞이해. 운명의 노트의 클라이맥스야. 산적 토벌대로
출동해서 자신의 부모를 죽인 산적을 맞닥뜨린 거야. 대장
은 소년에게 마지막 숨통을 끊으라는 명령을 내렸어. 어
때, 기막히지? 소년은 울면서 산적을 죽였어.

　스물여섯 살이 되자 귀족의 명령에 따라 노예 여자와
결혼을 하지만, 너무도 인격이 엉망인 이 여자와의 결혼
생활에 답답함을 느끼게 돼. 그런 때에 귀족의 애인이 소
년을 유혹하고 두 사람은 몰래 사랑을 나누게 되지. 당연
히 그것도 노트에 적힌 대로 귀족이 지시한 일이야. 이윽

고 귀족의 애인에게 아이가 생기고, 귀족은 모든 걸 다 알면서도 수많은 자식들 중에서 그 아이를 후계자로 삼겠노라고 태연하게 소년에게 말했어. 소년은 고민에 빠지고 큰 공포에 휩싸였어. 귀족의 애인이 수많은 귀족들이 모인 만찬 자리에서, 물론 소년도 하인으로서 그 자리에 있었는데, 자신의 불륜 사실을 고백하려다가 아슬아슬하게 마음을 돌리는 장면도 있어. 그 꼴을 지켜보면서 귀족은 정말 미칠 듯이 재미있었지. 그리고 소년이 마침내 서른 살이 되었을 때, 귀족이 그를 자신의 방으로 불러들였어."

그자는 거기에서 말을 멈추었다. 가벼운 이명이 들리고, 천장에서 돌아가는 실링팬의 그림자가 몹시 신경에 거슬렸다. 그자는 휴대전화를 들어 잠시 통화한 뒤에 곧바로 끊었다. 나는 내내 담배를 피웠지만 그자는 술만 마셨다.

"귀족은 소년에게 끈에 묶인 종이 두루마리를 던져주었어. 소년이 두루마리를 펼치자 거기에는 자신의 여태까지의 인생이 적혀 있는 거야. 십오 년 전에 써놓은 것이지. 그걸 보고 소년은 정말 엄청난 충격을 받았겠지. 마지막에 소년은 귀족의 애인과 불륜을 저지른 죄로, 물론 그건 귀

족이 꾸민 일이지만, 어떻든 그 죄로 귀족의 눈앞에서 살
해되는 것으로 기록되어 있어. 소년은 그 자리에 주저앉아
자신의 지나온 나날을 정리하는 데 한참이나 시간이 걸려.
온갖 감정으로 부들부들 떨던 소년이 모든 것을 이해하고
귀족을 올려다보았을 때, 뒤에서 대기하고 있던 병사가 소
년의 등을 찌르는 거야.

　…… 죽기 전에 소년이 무슨 생각을 했는지는 알 수 없
어. 하지만 그 귀족은 최고의 쾌락을 맛보며 부르르 몸을
떨었다는 거야. 여자를 품는 기쁨에서도 부와 명성에서도
결코 맛볼 수 없었던 압도적인 쾌락에 그 귀족은 웃는 것
조차 잊어버린 진지한 표정으로, 뭔가를 꿰뚫어본 것처럼
진지한 표정으로 그저 멍하니 오래도록 그 쾌락을 음미하
고 있었어……."

"미쳤군."

나는 처음으로 말을 끼웠다. 그자는 변함없이 웃음을 짓
고 있었다.

"아니, 미친 게 아니야. 그 귀족은 즐겼을 뿐이야. 인생
에서 얻을 수 있는 것을, 남김없이."

“당신이 지어낸 이야기지?”

내가 말하자 그자는 소리 내어 웃었다.

“아니, 정확히 말하자면 그 강도 사건을 계획했던 내 부하가 술에 취해서 즉흥적으로 지어낸 얘기야.”

“당신을 모델로?”

“그래, 이해력이 놀랍군. 한마디로, 네 앞으로의 인생은 내 마음먹기에 달렸다는 거야.”

그자는 술잔을 비웠다.

“내 머릿속에는 너의 운명의 노트가 있어. 너무 재미있어서 미칠 지경이야. 타인의 인생을 움직인다는 거. 자, 여기서 한 가지 질문을 하겠다. 너는 운명을 믿냐?”

“…… 모르겠는데.”

“가장 시시한 대답이군. 과연 소년의 운명을 귀족이 모조리 쥐고 있었을까. 아니면 귀족에게 쥐어지는 게 그의 운명이었을까.”

노크 소리가 들리고 그자가 대답하자 정장 차림의 마른 남자가 들어왔다. 서류 가방을 테이블에 올려놓고 남자는 머리를 숙이고 나갔다. 그자는 가방을 열고 안에서 사진과 함께 몇 개의 서류를 꺼냈다.

"너는 지금부터 세 가지 작은 일거리를 해치워야 해. 정말 아주 작은 일거리야. 하지만 너를 이용하면 우리가 하는 어떤 일이 아주 간편해져.

우선 육 일 이내에 이 사람의 휴대전화를 훔쳐. 훔친 휴대전화는 우리가 지정해준 맨션의 우편함에 넣어놓으면 돼. 이 사람 집은 보안 시스템이 완벽해서 빈집털이를 하기는 어렵고, 사정이 있어서 아직 죽일 수도 없어. 어째서 휴대전화인가 하면 이 사람의 교유 관계를 가장 빠르게, 신속하게 알 필요가 있기 때문이야. 길거리에서 습격해서 빼앗을 수도 있지만, 이번 경우에는 이 사람이 휴대전화를 누군가에게 빼앗긴 것이 아니라 어쩌다 잃어버렸다고 생각하게 해두는 게 좋아.

두번째 일거리는 칠 일 이내에 여기 적힌 이 남자에게서 작은 물건 하나를 훔치는 거야. 라이터 같은 게 좋겠어. 정확히 말하자면 이 남자의 지문이 찍힌, 뭔가 자연스럽게 보일 만한 물건이야. 포인트는 마찬가지, 이 남자가 물건을 도둑맞았다고 깨닫지 못하게 할 것. 훔쳐온 물건은 어떤 사체 옆에 갖다 놓게 될 거야. 물론 이 남자에게 살인죄를 덮어씌울 목적은 아니야. 경찰이 이 남자에게 혐의를 두고 일단 체포하게 해서 또 다른 일을 부각시키려는 거지. 이 남자의 집도 빈집털이를 하러 들어가기가 어려워. 그리고 라이터 같은 물건뿐만 아니라 이 남자의 머리카락도 훔쳐와야 해. 이건 꽤 어렵겠지만 네가 꼭 해줘야겠어. 머리카락 두세 가닥이 있어야 해. 물론 잘라내는 건 부자연스러우니까 절대로 눈치채지 못하게, 그것도 밑뿌리부터 뽑아와야 해. 이것도 우편함에 넣어두도록.”

그자가 유쾌한 듯이, 마치 게임이라도 하듯이 손끝으로 가리키는 사진을 나는 표정이 변하지 않도록 의식하며 바라보았다.

“마지막 일거리는, 어떤 사람에게서 서류를 훔쳐올 것. 이건 열흘을 주지. 지금 그 사람의 사진은 없지만 나중에 준비해줄게. 부하 놈이 그 집에 들어갔는데 그럴싸한 게 발견되지 않았어. 아무래도 그 사람이 들고 다니는 모양이야. 그 사람, 묘하게 신경질적이고 겁이 많아. 권총도 소지하고 있어. 그의 서류는 그 사람이 최소한 이틀 동안 그게 없어졌다는 걸 알아차리지 못하게 훔쳐와야 해."

"그건 불가능해."

"불가능하더라도 해. 그 서류는 봉인된 봉투에 들어 있으니까 분명 그 사람은 내용물을 알지 못할 거야. 봉투를 열어보면 이건 그 가치가 뚝 떨어져. 그 서류에 관여했던 놈에게 가짜 봉투를 만들어오라고 했으니까 그거하고 슬쩍 바꿔치기하면 돼. 이 회사 봉투를 사용했고 비밀문서에 이렇게 봉인이 찍혀 있을 거야. 하지만 확실한 건 아니니까 바꿔치기하기 전에 일단 확인해봐. 아, 이건 우편함에 넣는 건 곤란해. 나한테 직접 건네줘."

"…… 실패하면?"

"실패하면 너는 죽어. 불합리한 일이라고 생각하겠지만, 내가 눈독을 들였다는 건 바로 그런 거야. 하하하, 하지만 안심해라. 네가 실패해도 그 어미와 아들은 죽이지 않을 테니까. 절대적인 책임감과 긴장감은 인간의 능력을 최대한으로 끌어올리지만 압박감이 지나치면 도리어 실패하는 일이 있거든. 게다가 나도 가능하면 쓸데없는 사체는 만들고 싶지 않아. 사체가 많아지면 많아질수록 아주 조금의 단서라도 발각될 확률이 높아지거든. 신미는 우리의 중추까지 알고 있었기 때문에 죽일 수밖에 없었어. 나는 의미가 있는 사체 외에는 만들지 않아. 너뿐만 아니라 별로 이용 가치가 없는 다치바나를 죽이지 않은 것도 그런 이유 때문이지. 하지만 네가 이 일을 받아들이지 않는다면 어쩔 수 없어. 그 어미와 아들은 죽일 거야. 나한테도 부담스럽긴 하지만 그게 규칙에 맞는 일이거든."

그자는 서류와 사진을 가방에 넣고 테이블 위에서 내게로 쓰윽 밀었다. 나는 그것을 받아들일 수밖에 없었다.

"타인의 인생을 책상 위에서 규정해나간다. 타인 위에 그렇게 군림한다는 건 신과 비슷하다고 생각하지 않나? 만일 신이 있다면 이 세계를 가장 유쾌하게 음미하고 있는 건 신이야. 나는 수많은 타인들의 인생을 조종하면서 이따금 그 인간과 동화되는 듯한 기분이 들어. 그들이 생각하고 느낀 것이 내 속에 고스란히 들어오는 일이 있어. 여러 인간의 감정이 동시에 침입해 들어오는 상태. 너는 그런 건 맛본 일이 없으니 잘 모르겠지. 다양한 쾌락 중에서도 그게 최상의 쾌락이야. 자, 똑똑히 들어."

그자가 내게 다가왔다.

"이런 인생에서 가장 올바른 삶의 방식은 고통과 기쁨을 잘 구분해서 쓰는 거야. 모든 것은 이 세계에서 부여하는 자극에 지나지 않아. 그리고 그 자극을 내 속에서 잘 혼합해야 제각각 다른 방법으로 써먹을 수 있어. 네가 만일 악에 물들고 싶다면 결코 선을 잊어서는 안 돼. 고통으로 괴로워하는 여자를 보면서 실실 웃는 것 따위로는 시시하지. 고통으로 괴로워하는 여자를 보면서 딱하다고 생각하고 가엾다고 생각하고 그녀의 괴로움이나 그녀를 키운 부모에까지 상상력을 발휘해서 동정의 눈물을 흘려가면서, 그러면서 좀더 큰 고통을 가해야 해. 정말 기막히게 멋있지, 그 순간은! 세상 모든 것을 음미하고 즐기라고. 네가 만일 이번 일에 실패한다고 해도 그 실패에서 오는 감정을 음미하고 즐겨봐. 죽음의 공포를 의식적으로 즐기란 말이야. 그걸 할 수 있을 때, 너는 너를 초월할 수 있어. 이 세계를 또 다른 시선으로 바라볼 수 있어. 나는 인간을 끔찍하게 죽인 직후에, 떠오르는 아침 해를 아름답다고 생각할 수 있고, 길 가던 아이들이 웃는 얼굴을 보고 아, 참 귀엽

구나, 생각할 수 있어. 그 아이가 고아라면 도움을 줄 수도 있고 갑작스럽게 죽일 수도 있어. 아아, 가엾어, 라고 생각하면서! 신이나 운명에 만일 인격과 감정이 있다면, 이건 바로 그 신이나 운명이 느끼는 것과 비슷하다고 생각하지 않나? 착한 인간이나 어린애가 불합리하게 죽어가는 이 세계에서!"

그자는 거기에서 말을 끊었다. 그자의 목소리는 술에 젖어 축축하고 귓속에 고이는 듯한 집요함이 있었다. 그자는 언제까지고 계속 웃음을 짓고 있었다.

"그럼 행운을 빈다."

13

첫번째 사람은 기리타라는 마흔두 살의 남자였다. 고탄다 역 근처의 맨션에서 살고 있고, 사진상으로는 짧은 머리에 고급 양복 차림이다. 금융 브로커로서 폭력단과 상장 전의 기업 사이를 연결해주고 있다. 은행에서 대출을 받아낼 수 없는 벤처 기업에 폭력단의 돈을 중개하는 형태로 제공하는 일이다. 기업이 업적을 올려 상장되면 주가가 오르고 큰 이익이 손에 들어온다. 이런 경우, 융자를 받은 기업조차 그 돈이 폭력단에서 흘러나온 것을 알지 못하는 일이 있었다. 그 남자에게서는 휴대전화만 훔치면 되지만, 특별히 지정해준 사람을 상대로 소매치기를 한다는 건 어려운 일이었다.

나는 간단하게 적어준 메모와 사진을 머릿속에 넣은 뒤에 기리타의 맨션 앞을 지나갔다. 근처에 커피숍이라도 있다면 창가 자리에서 감시할 수 있겠지만 그럴 만한 커피숍도 없고, 그렇다고 밖에서 지켜보기에는 부자연스러운 주택가 한가운데였다. 기리타의 방 커튼이 움직인 것을 보고 나는 고개를 숙인 채 걸음을 옮겼다. 맨션에서 약간 떨어진 공원을 발견하고 녹슨 벤치에 앉았다. 가느다란 미끄럼틀 쪽에서 엄마와 아이가 소리없이 움직이고 있었다. 아이의 머리 부분이 구멍 뚫린 나무 같아서 시선을 던졌는데 그건 종이봉투를 머리에 뒤집어쓴 것이었다. 장난으로 봉투를 뒤집어쓰고 도망가는 아이를 엄마가 쫓아가고 있었다. 맨션 출구가 옆쪽으로 비스듬히 보였지만 너무 멀어서 확인하기는 어려웠다.

네 시간쯤 지났을 무렵, 그 남자인 듯한 사람이 나왔다. 크림색 코트에 숄더 케이스를 든 남자였다. 하지만 내가 앉아 있는 쪽과는 반대편으로 걷고 있어서 얼굴이 보이지 않았다. 나는 급한 걸음으로 남자의 뒤를 쫓았다. 남자는 새우처럼 몸을 숙이고 기묘하게 기다란 손가락을 왜 그런지 쫙 펼친 채 걷고 있었다. 맨션 출구 근처까지 갔을 때, 다시 맨션의 자동문이 열리고 한 남자가 나왔다. 검은 코트에 검은 비즈니스 가방을 들었다. 그 남자가 기리타라는 것을 깨닫고 나는 퍼뜩 놀랐지만 담배를 찾는 척 호주머니에 손을 넣고 고개를 숙인 채 마주 지나쳤다. 도둑맞았다는 것을 깨닫지 못하게, 어딘가에 떨어뜨린 걸로 생각하게 훔쳐내라는 어처구니없는 요구였다. 나는 일정한 거리를 유지하며 기리타의 뒤를 따라갔다.

기리타는 약국에 들렀다가 역으로 들어가 체인점 카페에서 어느 뚱뚱한 남자를 만났다. 그의 지갑은 양복 왼쪽 안주머니에 있지만 휴대전화는 비즈니스 가방 속에 있었다. 카페에서 빼내기는 어렵다고 생각하고 나는 앞쪽에서 기리타가 나오기를 기다렸다. 지하철 안에서 빼내자고 생각했지만, 기리타는 카페를 나와 뚱뚱한 남자와 헤어지자 택시를 탔다. 나는 곧바로 택시를 잡아타고 앞에 가는 택시를 쫓아가라고 운전기사에게 말했다. 하지만 기사가 아직 어린 사람이어서 다른 차량을 사이에 끼워라, 되도록 차선을 다르게 해라, 하고 일일이 알려줘야 했다.

기리타는 아카사카에서 내려 지하의 바에 들어갔다. 쇼 스테이지도 있는 넓은 가게 안은 몹시 혼잡하고 소란스러워서 나는 마침 좋은 조건이라고 생각하며 카운터에 앉았다. 가벼운 칵테일을 주문하고 색 바랜 나무 무늬가 그대로 보이는 테이블에 양팔을 얹었다.

한 시간쯤 지나자 기리타는 얼근하게 술기운이 올랐는지 목소리가 커지고 몸짓도 커져서 파충류 같은 입을 벌리고 웃었다. 상대는 아직 어려 보이는 남자 대학생으로, 서류를 테이블에 펼쳐놓고 있었지만 기리타는 거의 들여다보지도 않았다.

기리타는 비즈니스 가방에서 휴대전화를 꺼내 어딘가에 걸더니 다시 바닥에 놓인 가방에 챙겨 넣었다. 품속에 넣기를 빌었지만 내 바람대로 되지 않았다. 기리타가 술에 취한 오늘이라면 휴대전화를 잃어버렸다고 생각할 가능성이 높았다. 더구나 그가 언제 또 이렇게 좋은 상황을 만들며 외출할지 알 수 없다. 그자가 지정해준 날짜도 기리타가 가장 빨랐다. 웨이트리스가 기리타의 테이블로 다가갔을 때, 나는 자리에서 몸을 일으켰다.

기리타가 앉은 테이블 맞은편에 화장실이 있었다. 나는 그쪽으로 가는 척하며 웨이트리스의 움직임에 맞춰 속도를 조절했다. 웨이트리스가 기리타의 테이블에 새 술잔을 내려놓고 머리를 숙인 뒤 걸음을 뗀 순간, 나는 맞부딪친 척하며 다리를 걸었다. 웨이트리스가 쓰러지면서 쟁반에서 잔이 떨어져 요란한 소리를 내며 깨졌다. 나도 비틀거리는 척하며 넘어졌지만, 사람들의 시선은 대부분 요란한 소리와 함께 짧은 스커트 차림으로 넘어진 웨이트리스의 다리 쪽으로 향하고 있었다. 기리타를 살펴보니, 놀라서 자신의 살짝 젖은 어깨에 손을 얹은 채 웨이트리스에게로 시선을 던지고 있었다. 나는 주저앉은 채로 코트를 치마처럼 펼쳐 기리타의 가방을 덮었다. 호주머니에 뚫어놓은 구멍으로 왼손을 내밀어 코트 자락 밑에서 가방의 지퍼를 열었다. 기리타와 나란히 앉아 있던 젊은 대학생이 자리에서 일어서면서 그에게 뭔가 말을 건넸다. 웨이트리스는 일어서는 겨를에 말려 올라간 스커트를 순간적으로 붙잡으며 손님에게 사과하려고 입을 열었다. 기리타의 가방은 내 코트 밑에 완전히 감춰져서 다양한 방향에서의 시선을 차단하고 있었다. 왼손을 가방 속에 넣어 뒤적인 끝에 손가락에 걸린 휴대전화를 내 소매 속에 넣었다. 기리타는 웨이트리스의 손을 잡아주려고 자리에서 일어서는 참이었다. 나는 가방에서 손을 빼내고, 일어서기 위해 다리에 힘을 넣었다. 목구멍을 훑고 가는 듯한 후끈한 열기를 감지했을 때, 소매 속에 넣은 휴대전화가 격렬하게 울리기 시작했다.

한순간 몸이 굳어버린 것처럼 꼼짝도 하지 못했다. 소매 속에서 휴대전화의 착신음이 계속 울리고 기리타의 시선이 웨이트리스에게서 이쪽으로 옮겨오고 있었다. 나는 휴대전화를 다시 가방 속에 떨어뜨리고 온 신경을 집중하여 코트 밑에서 가방의 지퍼를 잠갔다. 착신음의 강약이 달라졌지만 기리타는 눈치채지 못한 것 같았다. 웨이트리스가 일어서서 기리타와 내게 죄송하다고 사과했다. 심장이 급하게 고동치는 가운데 나도 자리에서 일어나 사과의 말을 건넸다. 하지만 기리타는 이쪽은 쳐다보지 않고 가방 지퍼를 열고 계속해서 울려대는 휴대전화를 꺼냈다. 자리를 뜨려다가 기리타의 통화 내용을 들어두는 게 좋겠다는 생각이 들어서 유리잔을 줍고 있는 웨이트리스를 거들어주는 척 몸을 숙였다.

'목, 일곱시, 시부야, 다이진구.'

소리 없이 적고 있는 기리타의 메모를 서둘러 눈으로 훑었다. 나는 다시 한 번 미안하다고 말하고, 계산을 마쳤다. 이렇게 가까운 거리에서 얼굴을 들킨 뒤라서 더 이상 기리타를 미행할 수는 없었다.

택시를 잡아타고 내 아파트로 향했다. 담배를 피워도 괜찮겠느냐고 묻자 운전기사는 오늘의 마지막 영업이라 괜찮다면서 창문을 조금 열어주었다. 나는 담배에 불을 붙이고 차창으로 흘러가는 번화가의 네온 불빛을 바라보았다. 좀체 마음이 가라앉지 않았다. 기자키의 얼굴이 떠오르고 이시카와의 얼굴이 떠오르고 사에코의 얼굴이 떠올랐다. 사에코가 지금의 나를 본다면 뭐라고 말할까. 밑바닥까지 떨어져서 그자가 하라는 대로 심부름이나 하고 있는 나를,

하지만 사에코는 경멸하지 않을 거라고 생각했다. 이젠 정말 죽을지도 모르겠네, 라고 웃으면서 옷을 벗어던지고 나와 똑같은 곳까지 떨어져 내려와줄 것 같았다.

택시에서 내려 아파트로 돌아오자 아이가 문 앞에 앉아 자고 있었다. 긴 바지를 입었지만 회색의 얇은 추리닝이었다. 아이의 팔다리를 바라보며, 태어난 장소에 의해 이 아이의 삶이 규정되었다는 게 새삼스럽게 실감으로 다가왔다. 억지로 떠안긴 환경 속에서 아이는 힘껏, 계속해서 움직이고 있었다. 추운 날씨에 얼어 죽겠다 싶어서 다리를 툭 찼더니 아이가 눈을 떴다. 다리를 툭 차서 그런지 아이는 한순간 나를 노려보았다. 하지만 내가 입을 열기 전에 아이는 오늘 밤에 여기서 자게 해달라고 조그맣게 말했다.

"안 돼. 집에 가."

"왜?"

아이가 내쉬는 숨은 하얗고 미약했다.

"네 엄마가 찾으러 올 거야. 잘못하면 내가 경찰서에 불려가."

"안 그래."

“뭐?”

“나더러 나가라고 하는데, 뭘.”

아이는 일어서서 손바닥에 묻은 모래와 먼지를 털었다. 아이의 살갗은 지저분하고 신발 바닥은 거의 다 닳아 있었다. 함께 안으로 들어가려다가 주전자도 없고 그릇도 없다는 게 생각나서 일단 편의점에 가기로 했다. 걸음을 옮기자 아이가 뒤따라왔다.

“그 남자가 집에 있어서 내가 거치적거린대.”

“그렇게 말했어?”

“만날 그렇게 말해. 그 남자, 엄마하고 자꾸자꾸 하려고.”

멀리서 속도를 올려 달려가는 자동차 엔진 소리가 들렸다.

“질투해, 엄마를. 자꾸자꾸 하니까 나는 계속 집 밖으로 나와야 해. 그게 끝나면 술에 취해서 나를 때리고.”

나는 아이의 어깨에 손을 얹고 있었다.

“그 남자는 엄마가 하는 일을…….”

“다 알아. 자기가 하라고 시켰으면서, 질투해.”

나는 숨이 답답했다.

"집에서 나오고 싶어?"

"나오고 싶어."

아이의 눈에 묘한 반짝임이 떠올랐다.

"가출해도 아직 어리다고 다시 잡아가. 잡힐 때마다 혼나고, 집에 가면 그 남자가 때리고, 그래서……."

"그래도 난 안 돼."

"왜?"

나는 어깨에서 손을 뗐지만, 이 타이밍에서 뗄 일이 아니었다고 생각했다.

"나는 안 좋은 일을 하는 사람이야. 언제 죽을지 몰라. 너는 더 이상 네 인생을 잘못된 어른들에 휘둘릴 필요는 없어."

"그래도……."

"아동 시설에 들어가는 건?"

아이의 얼굴을 보니 생각에 잠긴 듯한 표정을 하고 있었다.

"나도 그런 데 들어갈 수 있어?"

“수속하면 들어갈 수 있어. 하지만 엄마하고 떨어지는
건 싫지?”

“난 이제 그렇게 어린애 아니야.”

아이가 나를 올려다보았다. 뭔가를 방출하듯이, 반항하
며 치켜뜬 눈매가 예전의 나를 꼭 닮아 있었다.

“그럼, 내가 알아볼게. 우리 집, 문 안 잠글 테니까 앞으
로 날씨 추울 때는 마음대로 들어가 있어도 돼.”

그 길로 편의점에 들어가 따뜻한 밀크티와 유분이 많은
도시락과 우유를 샀다.

14

두번째 사람은 칠층짜리 맨션에 사는 스물여덟 살의 남자였다. 이 남자가 무엇을 하는지는 확실히 알려주지 않았지만, 차림새나 표정으로 봐서는 그렇게 컴컴하고 중요한 일에 관여할 사람으로는 보이지 않았다. 이 맨션도 주택가 한가운데 있어서 근처에 계속 서 있기는 어려웠다. 나는 가까운 카페에 들어가 창문으로 행인들을 바라보았다. 남자의 맨션에서 역에 나가려면 이 눈앞의 길을 반드시 거쳐 가야 할 것이다. 그는 자동차가 없고 자전거도 없다. 두 시간쯤 기다렸지만 남자는 모습을 드러내지 않았다. 카페에서 나와 바로 앞길을 천천히 걸어 맨션을 한 바퀴 둘러보고 다시 카페에 돌아왔다.

남자가 맨션 밖으로 나온 건 감시한 지 이틀째 되는 날 점심때였다. 택시를 타고 가서 맨션 앞에서 한참을 기다렸지만 나올 기미가 없어서 카페에 들어가 막 주문을 끝냈을 때, 길을 걸어 내려오는 남자의 모습이 눈에 들어왔다. 나는 카페에서 나와 남자의 뒤를 밟았다. 역으로 들어가 개찰구를 지나 플랫폼에 섰다. 어느 사체 옆에 이 남자의 라이터나 머리카락을 남겨둔다는 건 그에게 전과가 있다는 뜻이다. 하지만 남자는 사진보다 더 어려 보이고 점잖은 생김새여서 직접 봐도 그런 인상은 전혀 없었다. 들어온 지하철은 마침 승객이 많았다. 차량 안에서 하는 게 가장 좋겠다고 생각하고 남자 뒤편에 바짝 붙어 섰다.

남자는 검은 머리칼에 왁스를 발라 모양을 잡고 있었다. 어깨에도 목덜미에도 빠진 머리카락이 없어서 직접 뽑는 수밖에 없었다. 차 안이 지나치게 더워서 그는 땀을 흘리고 있었다. 지하철이 서서히 역에 가까워지자 남자가 출입문 쪽으로 나가려고 앞쪽의 승객을 가슴으로 슬쩍 밀쳤다.

그 순간 나는 그의 등에 몸을 밀착시켰다. 검지와 중지 끝에는 집에 있던 손톱깎이의 줄칼 조각이 붙어 있었다. 문이 열리고 차가운 공기가 밀려들었다. 남자가 차 밖으로 한 발을 내밀었을 때, 바로 뒤에서 균형을 잃은 척하며 손을 쳐들어 가리마 근처의 머리카락을 중지와 검지 사이에 끼우고 허공을 할퀴듯이 잽싸게 당겼다. 머리칼이 뽑혀 나오는 미세한 감촉과 함께 남자는 얼결에 슬쩍 뒤를 돌아보았지만, 나는 그의 옆구리 밑을 빠져나가 등을 보이며 앞서서 걸음을 옮겼다. 이제 그에게서는 라이터만 훔쳐내면 된다.

남자는 역 계단으로 가려다가 갑작스럽게 방향을 바꾸었다. 야마테 선 플랫폼의 끽연 공간으로 가려는 거라고 판단했다. 그는 담배를 꺼내든 채 계속 라이터를 찾고 있었다. 잃어버린 거라면 귀찮게 됐다는 생각이 들었지만 나는 마음을 추스르고 장갑을 끼고 코트 주머니에서 내 휴대용 라이터를 몇 번 닦아낸 뒤에 남자 바로 옆으로 다가가 담뱃불을 붙였다. 아직도 라이터를 찾고 있는 그에게 말없이 내 것을 내밀었다. 남자는 슬쩍 머리를 숙이더니 내 라이터로 불을 붙였다. 자연스럽게 지문이 찍혔을 거라고 생각하면서도 돌려주는 라이터를 슬쩍 바닥에 떨어뜨려 남자가 주워주도록 했다. 이번에는 정확히 라이터를 받아들었고 모든 것이 끝났다. 나는 타고 온 지하철을 타고 그 자리를 떴다.

미용실에 들러 머리를 깎은 뒤에 갈색으로 염색하고, 도수 없는 안경도 꼈다. 지난번 기리타와 마주쳤던 날은 항상 입고 다니는 검은 코트를 입었지만 이번에는 하얀 다운 재킷에 면바지를 입어 인상을 바꾸었다. 저녁 여섯시쯤에 나는 시부야로 향했다. 일곱시에 기리타가 '다이진구'라는 바에 나타날 터였다. 잠깐 마주쳤던 나를 기억할 리는 없다고 생각했지만 혹시나 해서 내 인상을 바꿀 필요가 있었다.

택시를 타고 가다가 시부야의 세이부 쇼핑센터 앞 신호등에서 멈췄을 때, 기리타가 시야에 잡혔다. 지난번과 마찬가지로 검정색 코트에 똑같은 비즈니스 가방을 들고 있었다. 택시에서 내려 기리타의 뒤를 밟았다. 좁은 도로에 사람들이 북적거려서 기리타가 발을 멈출 때마다 나는 되도록 가까이 따라붙었다. 그가 바에 도착하기 전에 훔쳐낼 수 있을지도 모른다. 빨간 신호에 기리타가 멈춰 서 있어서 그 뒤에 바짝 붙었지만 옆에 있던 여자가 왜 그런지 계속 기리타를 쳐다보고 있어서 움직일 수 없었다. 파란불로 바뀌자 숨이 막힐 것처럼 우르르 몰려 나가는 타인들 속에서도 기리타의 뒤를 한 번도 놓치지 않았다.

다음 신호등에서 훔쳐내기로 결심했을 때, 기리타가 갑작스럽게 몸을 돌렸다. 순간적으로 긴장했지만 무슨 눈치를 챈 게 아니라 시선을 돌리고 있는 내 옆을 쓰윽 지나갔다. 거리를 두고 따라가자 기리타는 파르코 의류 매장으로 들어갔다. 매장 안을 둘러보더니 에스컬레이터로 향했다. 에스컬레이터는 올라탄 사람들의 높이에 차이가 나기 때문에 손에 든 가방에서 물건을 빼내기에 적합한 곳이다. 기리타 바로 뒤에 서서 나는 움직이는 에스컬레이터의 흐름을 타며 신경을 집중했다. 옆에 거울이 있어서 그것이 끝나는 지점을 기다렸다. 뒤에 선 남자는 다시 그 뒤쪽의 여자와 이야기를 나누고 있어서 이쪽을 보고 있지 않았다. 그야말로 최적의 장소와 최적의 타이밍이라고 판단했다. 몸속에서 피어오르는 열기를 느끼고 기분 좋게 마비되어가는 양팔을 계속 의식했다. 거울에서 기리타의 얼굴이 사라진 순간, 왼손으로 그가 손에 든 비즈니스 가방을 밑에서 받쳐 흔들리지 않도록 고정하고, 오른손으로는 지퍼를 열고 안에서 휴대전화를 뽑아내 소매 속에 넣은 뒤 지퍼를 채우면서 왼손을 뗐다. 기리타는 다시 위층으로 이어지는 에스컬레이터로 옮겨 탔다. 천천히 올라가는 그를 옆눈으로 확인하며 나는 왼편으로 빠졌다. 매장으로 나가 계단 출구를 찾아 일층으로 내려왔다. 힘이 스르르 빠지면서 온몸에 스며드는 듯한 떨림을 느끼며 기리타의 휴대전화를 주머니에 챙겨 넣었다.

사람들이 넘쳐나는 시부야 거리로 나갔다. 앞쪽에서 걸어오던 부유한 차림의 중년 남자의 품속에 손을 넣어 지갑을 내 소매에 넣었다. 남자의 넥타이핀에서 반사된 빛이 내 눈 속에 초록빛 잔상으로 오래도록 남았다. 택시를 세우고 안에서 남자의 지갑을 확인했다. 십이만 엔과 카드 몇 장, 클럽 여자의 명함이 들어 있었다. 택시 안의 좁은 공간은 내가 길거리와 사람들에게서 벗어나 무사히 도망쳤다는 것을 항상 실감하게 해주었다.

그대로 택시를 타고 에비스로 향했다. 지정해준 맨션은 비교적 새 건물이고 청결했다. 이 맨션 702호실 우편함에 물건을 넣어두면 두 가지 일거리가 끝나는 셈이다. 미리 말했던 대로 안에 하얀 봉투가 들어 있었다. 교대하듯이 휴대전화와 라이터, 머리카락이 담긴 봉투를 바꿔 넣었다. 물건을 회수하러 오는 사람을 멀리서 확인해볼까 하다가 맨션을 떠나 다시 택시를 잡아타고 차 안에서 봉투를 열어보았다. 훔쳐낼 서류를 가진 사람의 사진과 주소가 적힌 간단한 메모가 들어 있을 뿐이었다. 사진을 보자마자 가슴이 술렁거렸다. 눈이 우묵하고 뺨이 깊이 팬, 머리숱 적은 사십대 남자였다. 그 얼굴을 보면서 이 일에는 관여하지 않는 게 좋다는 예감이 들었다. 지금까지 이런 예감은 으스스할 만큼 맞아떨어지곤 했다. 마음을 가라앉히기 위해 담배를 피우고 싶었지만 금연이라는 말에 택시에서 내렸다.

담배에 불을 붙이고 한 번도 본 적이 없는 길을 걸었다. 가로등도 드문드문한, 낡은 연립이 이어지는 주택가였다. 갑작스럽게 휴대전화가 울려서 나는 의미도 없이 주위를 둘러보았다. 이 번호를 알고 있는 건 사에코와 이시카와뿐일 터였다. 수신자의 이름이 없는 액정화면을 보며 전화를 받자 낯선 목소리였다.

—꽤 빠른데? 이제 한 사람 남았어. 우편함에 있던 봉투는 가져갔지?

남자의 목소리는 높고 딱딱해서 불쾌했다.

"…… 누구야."

—누군지 대충 짐작이 갈 텐데? 마지막 남은 요네자와라는 놈, 내일 저녁 여덟시에 신주쿠에 나올 거야. 거기서 훔쳐내.

"…… 실패하면?"

—다음 화요일까지는 빼와야 해. 앞으로 오 일이다. 하지만 네 덕분에 내 일이 아주 편해졌어. 그나저나 실패하면 네가 죽는다던데? 아, 그래도 도망치지는 마라.

개와 함께 산책을 나온 금발의 젊은 여자가 의아한 눈

빛으로 나를 보고 있었다.

"…… 기자키, 옆에 있어?"

―기자키 씨? 없어. 난 어디 있는지도 몰라.

"그자의 목적은 대체 뭐지?"

내 말에 상대는 나른한 한숨을 토해냈다.

"…… 이 서류나 라이터 얘기가 아니야."

―그게 뭐건, 상관없잖아?

수화기 너머 먼 곳에서 희미하게 여자의 웃음소리가 들리고 공기가 웅웅거리는 잡음이 점점 커지더니 전화는 뚝 끊겼다. 집요하게 전봇대의 냄새를 맡고 있는 뚱뚱한 개를 기다리며 여자는 여전히 이쪽을 쳐다보고 있었다. 내가 흘끔 시선을 던지자 여자는 개에게 뭔가 중얼거리며 억지로 끌고 걸음을 옮겼다. 주위가 어두웠다. 어쩌면 그 여자는 내가 아니라 내 뒤쪽을 보고 있었는지도 모른다.

15

요네자와라는 남자는 사진에서는 후줄근한 검은 코트를 입고 있었지만 그가 사는 맨션은 프런트와 로비가 있을 만큼 으리으리해서 들어가기가 쉽지 않았다. 어떤 일을 하는 사람인지는 알 수 없어도 권총을 소지하고 다닌다는 걸 보면 나름대로 특이한 삶을 산 사람일 터였다. 눈이 우묵한 그의 사진을 보면서 사람을 죽였거나 그와 유사한, 뭔가의 가장 밑바닥에 웅크린 채 잠복하고 있는 듯한 느낌을 받았다. 나는 렌터카를 빌려 약간 떨어진 주차장에서 맨션 출구를 감시했다. 경찰이 말을 걸어올 가능성도 있지만 매복 감시하는 데는 역시 자동차가 적합하다. 맨션 앞으로 택시를 부를 거라고 예상했는데 요네자와는 맨션에서 나오자 곧장 걸음을 옮겼다. 그는 살짝 다리를 저는 것처럼 우쭐우쭐 걸었다. 주위를 둘레둘레 살피고는 앞쪽에서 걸어오는 아이를 왜 그런지 노려보고 있었다. 나는 차에서 내려 길게 거리를 두고 뒤를 밟았다. 돈을 잘 쓰지 않는 사람이 이런 맨션에서 산다는 건 누군가 그를 노릴 위험성이 있기 때문일 것이다. 역으로 들어가 한참 뜸을 들이며 차표를 사고 주위 사람들을 살펴본 뒤에 노출이 심한 어떤 여자를 노려보며 한참 동안 움직이지 않았다. 나는 그와의 거리를 좀더 넓게 잡았다. 지하철에 오르기 전까지는 좀체 접근하기 어려울 것 같았다.

요네자와는 플랫폼에 서자 손톱을 세워 목덜미를 긁적거리더니 근처에 서 있는 코트 입은 여자를 흘끔거리기 시작했다. 머리칼을 기묘하게 치켜 올렸고, 사진에서는 보이지 않던 뺨의 상흔이 보였다. 구두는 몹시 더러웠다. 지하철이 들어왔지만 차 안은 그다지 붐비지 않았다. 그와 멀찌감치 떨어진 곳에서 나는 신문을 펼쳤다. 요네자와는 자리에 앉지 않고 덤덤한 얼굴로 한쪽 구석에 서 있었다.

그의 지갑은 오른쪽 앞주머니에 약간 두둑하게 들어 있었지만, 가방 같은 건 없어서 봉투가 어디에 있는지는 알 수 없었다. 어쩌면 코트 안주머니일지도 모른다. 하지만 지금은 훔쳐낼 방법이 없다. 다행히 차 안이 점점 붐비기 시작해서 나는 의식을 집중하고 자리에서 일어나 승객 사이를 누비듯이 문 앞으로 다가갔다. 이케부쿠로에서 사람들이 일제히 내렸지만 그보다 더 많은 사람들이 올라와서 차 안은 움직이기도 힘든 정도가 되었다. 다음 역이 신주쿠라는 안내 방송이 흘러나왔다. 이윽고 문이 열리자 승객들이 한 방향으로 움직였다. 촘촘하게 밀착한 사람들 속에서 요네자와에게 온 신경을 집중하여 마침내 몸이 닿았을 때, 그의 코트 단추를 풀고 안에 손을 집어넣었다. 요네자와가 내쉰 숨이 불쾌하게 뺨에 훅 끼쳤다. 봉투의 감촉을 느끼고, 빼낼 수 있겠다고 생각하며 조금 더 손가락을 들이밀었을 때, 안주머니 입구가 막혀 있다는 것을 깨달았다. 단추나 지퍼가 아니라 그건 분명 실로 꿰맨 것이었다. 심장에 둔한 통증을 느끼며 나는 순간적으로 손을 빼고,

다시 한 번 올라타는 척하며 그에게 붙어 서서 사람들의 흐름 속에서 그의 단추를 채웠다. 주위 사람들이 거칠게 움직이고 있었다. 요네자와는 플랫폼에 내렸고 나도 문이 닫히기 직전에 따라 내렸다. 심장의 고동이 좀체 가라앉지 않았다. 실로 꿰맨 코트 안주머니의 봉투와 내가 가진 가짜 봉투를 바꿔치기하는 건 불가능하다. 혹시 실로 꿰맨 부분을 뜯어내고 봉투를 훔쳐낸다고 해도 그걸 이틀씩이나 눈치채지 못하게 하는 건 더더욱 가능할 리 없다. 느릿느릿 걸어가는 요네자와의 뒤를 밟았지만, 어떻게 해야할지 생각나지 않았다. 아예 코트째 바꿔치기를 한다 해도 그의 오래된 코트와 똑같은 물건을 구입하는 건 어려운 일이다. 게다가 여기저기 닳아버린 것까지 재현하는 건 불가능하다. 신경질적으로 예민한 그가 바꿔치기한 코트를 알아채지 못할 리 없다.

요네자와는 동쪽 출구로 나가 가부키초로 향했다. 몸을 우쭐우쭐 흔들듯이 걸어가면서 주위를 살펴보고 뭔가에 발이 걸려 휘청했다가 다시 지나가던 여자를 한참 노려본 뒤에 회색 복합 빌딩으로 들어갔다. 그가 나오기를 기다렸지만, 나온다고 해도 지금은 아무것도 할 수 없었다. 기자키를 만나고 싶었지만 어디 있는지도 알지 못한다. 에비스의 맨션이 머릿속에 떠올라서 그 우편함 번호의 방에 올라가보기로 했다. 택시를 타고 맨션을 향해 달려가는 동안 이시카와나 사에코의 얼굴이 계속 떠올랐다. 맨션에 도착해서 엘리베이터를 타고 그 방의 차임벨을 눌렀다. 잠깐의 침묵 뒤에 인터폰으로 남자 목소리가 들려왔다. 내 이름을 밝히자 문이 열렸다. 얼굴을 내민 사람은 음울한 표정으로 나를 바라보더니 안으로 들어갔다. 이 사람은 어제 전화했던 남자와는 다른 사람인 것 같았다. 회색 카펫 위에 책상과 소파가 있는 방 안은 예전에 이시카와가 있었던 사무실과 인테리어가 비슷했다.

"뭐야?"

남자의 목소리는 탁했다. 나는 그를 마주하고 섰다.

"요네자와는 봉투를 안주머니에 넣고 실로 꿰매버렸어. 그걸 눈치채지 못하게 훔쳐내는 건 불가능해."

"쳇, 그래서 어쩌라고?"

"기자키와 얘기 좀 해야겠어."

“안 돼.”

남자는 귀찮다는 듯이 나를 바라보더니 책상 의자에 앉아 텔레비전을 켰다. 텔레비전에서는 수영복을 입은 여자가 뭔가를 쫓아가듯이 내달리고 있었다.

“내가 이 일에 실패하면 너희도 곤란할 텐데? 기자키에게 연락해. 지금 연락 안 하면 네 책임이 될 수도 있어. 그래도 안 된다면 나는 그만 손 떼고 돌아간다.”

남자는 텔레비전을 보며 잠깐 투덜거리더니 내게 눈길도 던지지 않고 수화기를 들었다. 작은 목소리로 이야기를 나눈 끝에 남자는 수화기를 귀에서 떼어내고 텔레비전을 끄고 한숨을 토해냈다. 경마 신문과 함께 과자 부스러기가 어질러져 있었다. 수화기를 건네받고 잠시 기다리자 모르는 남자가 받았다. 내가 기자키와 통화하겠다고 말하자 남자는 안 된다고 대답했지만 잠깐의 침묵 끝에 기자키가 전화를 받았다. “오 분을 주겠어”라고 기자키는 말했다. 그건 분명 기자키였지만 전에 만났을 때와는 전혀 딴사람인 것처럼 목소리가 한층 나지막했다.

“요네자와의 봉투는 실로 꿰맨 코트 안주머니에 들어

있어. 바꿔치기는 어려워. 훔쳐내기만 하는 건 안 될까?"

잠시 조용하던 끝에 기자키가 킬킬 웃었다.

—운이 없군. 유감이다.

"뭐라고?"

—이번 일에 실패하면 네가 죽으면 돼. 애초에 그렇게 약속했지? 뭐, 그 어미와 아들은 그냥 봐주지.

"내가 이 일을 못 해내면 당신도 곤란하잖아?"

—호오, 네가 그렇게 목숨에 집착하는 줄은 몰랐는데?

기자키는 그렇게 말하더니 다시 웃음소리를 올렸다. 귀에 그의 입김이 훅훅거릴 만큼 입을 수화기에 바짝 대고 있어서 소리가 치직거렸다.

—나는 딱히 곤란할 것도 없어. 그 녀석이 다시 사흘 뒤에 신주쿠에 나타날 예정이니까 다시 한 번 해봐. 그때도 네가 실패한다면 요네자와를 죽이고 봉투를 뺏어버리면 돼. 죽이지 않는 게 좀더 이용 가치가 있지만 뭐, 별수 없지. 이번 일은 내게 그런 정도의 일일 뿐이야.

"그래도……."

—실패하면 넌 죽어. 원래 약속이 그랬으니까. 일단 결

정된 건 바꿀 수 없어. 운명이란 무정한 것이야. 너, 참으로 너저분한 인생이더라. 내가 이래저래 조사해봤다만.

나는 숨이 턱 막혔다.

―그리 심각하게 고민할 거 없어. 지금까지 역사상 몇백 억의 인간이 죽었어. 너는 그중 한 사람이 되는 것뿐이야. 모든 건 게임이야. 인생을 너무 심각하게 생각하지 마라.

나는 뭔가 말하려고 했지만 목소리가 나오지 않았다.

―이미 말했었지? 내 머릿속에는 너의 운명이 있어. 이거 정말 너무 재미있어서 미칠 지경이야. 아무튼 앞으로 사 일을 주겠다. 안타깝지만 어쩔 수 없어. 너 같은 인간의 마지막은 대개 그런 거야. 이봐, 똑똑히 들어. 네가 실패해서 죽건 성공해서 살아남건 나한테는 별로 큰일도 아냐. 나는 일단 결정한 건 번복하지 않으니까 실패한다면 죽일 거야. 너처럼 움직이는 놈들이 내 휘하에는 수없이 많아. 너는 그중 한 명에 지나지 않아. 내 안에 자리한 다양한 감정의 한 조각에 지나지 않는단 말이야. 상위에 있는 사람의 사소한 어떤 일이 하위에 있는 사람에게는 치명상이 되는 법이지. 그게 이 세계의 구조야. 그리고 무엇보다……

기자키가 짧게 숨을 들이쉬었다.

—나한테 요구 따위 하지 마. 질문도 하지 마. 내 생각을 이해할 수 없겠지? 하지만 그건 원래 그런 것이기 때문이야. 세계는 불합리한 것들로 가득 차 있어. 이 세상에는 태어나자마자 굶어 죽는 아이가 아주 많지? 땅바닥에 털썩털썩 쓰러져 죽는 아이들. 다 그런 거라고.

기자키의 말이 끝나면서 전화는 끊겼다.

신주쿠로 돌아가 요네자와가 사라진 복합 빌딩에 가봤지만 그가 아직도 그곳에 있을 것 같지는 않았다. 있다고 해도 나는 아무것도 할 수 없다. 그대로 번화가를 빠져나와 호텔가를 지나 맨션이 줄지어 들어찬 어딘지 모르는 주택가로 들어섰다. 한밤중인데도 맨션 창문에는 여기저기 불이 켜졌다. 내일이 휴일이라서 사람들이 밤늦도록 깨어 있는 모양이다. 창문으로 새어 나오는 불빛이 부드럽게 어둠 속에 번져서 나는 그것들을 올려다보며 뭔가 하고 싶다고 생각했다. 코트 안주머니에 이물감이 있어 꺼내보니 낯선 지갑과 은빛 지포라이터였다. 지갑 안에 칠만 구천 엔과 각종 신용카드, 운전면허증과 골프 회원권이 들어 있었다. 시야가 뿌옇게 좁아지고 퉁퉁한 개가 나를 흘끔거리며 경계하듯이 멀어져갔다. 앞에서 레인코트의 남자를 발견하고, 비도 안 오는데 무슨 레인코트냐고 생각하며 다시 바라보니 벽의 큼직한 얼룩이었다. 하지만 그건 인간의 모양이 아니었다. 왼쪽으로 꺾어지는 좁은 골목길에 작은 주점의 불빛이 보였다. 나는 지갑을 다시 코트 주머니에 넣고 지포라이터는 쓰러진 자전거 바구니에 넣었다. 주점은 작고, 흐릿하게 조명을 받은 간판은 거무스레하게 변색되어 이름도 알 수 없었다.

안에 들어서자 네 개의 카운터 자리와 두 개의 작은 테이블이 있었다. 나를 쳐다보지도 않는 너저분한 마스터에게 위스키를 주문하고 테이블에 앉았다. 카운터에는 단골손님인 듯한 회사원 남자가 잔뜩 취한 채 엎드려 있었다. 그는 카운터에 이마를 대고 그대로 잠들어 있었다.

가게 안의 작은 스피커에서는 클래식 음악이 흐르고, 마스터는 그걸 듣는 것만이 유일한 목적이라는 듯 움직임이 산만했다. 카운터 옆에 잡종견이 끈에 묶인 채 바닥에 누워 눈만 멀뚱거렸다. 테이블에 록 위스키 잔을 내려놓으면서도 마스터는 나를 쳐다보지 않았다. 가게 안을 멍하니 바라보며, 손님이 없는 것도 당연하다고 생각했다.

금세 위스키 잔을 비우고 다시 주문하자 마스터는 술병과 얼음 그릇을 내려놓고 카운터로 돌아갔다. 당연한 일이지만, 지나치게 마시지 말라고 말해줄 이시카와도, 좀더 마시라고 바람을 넣어줄 사에코도 없었다. 술기운이 온몸에 퍼지는 것을 느끼며 눈앞의 잔이 흐릿해지고 시야의 모든 것이 흐릿해지는 것을 그저 바라보고 있었다.

가게 안에는 음악만 듣고 있는 마스터와 술에 취해 엎드린 양복 차림의 회사원과 따분해서 어쩔 줄 모르는, 하지만 자신을 묶고 있는 것에 어떤 저항도 하지 않는 잡종견밖에 없었다. 그 한쪽에서 나는 나 자신의 죽음에 대해 생각하고, 지금까지의 나 자신이 무엇이었는지 생각했다. 나는 손끝을 재주껏 놀리면서 다양한 것들에 등을 돌리고 집단을 거부하고 건전함과 환함을 거부했다. 내 주위를 높은 벽으로 에워싸고 인생에 생겨난 어둠의 틈새에 비집고 들어가듯이 살아왔다. 하지만 그래도 나는 왜 그런지 한참 동안은 이곳에 머물고 싶었다. 마스터는 카운터 안의 의자에 앉아 지그시 눈을 감고 있었다. 나는 음악은 알지 못했기 때문에 그것을 듣고 있는 그를 계속 바라보았다. 내 인생에는 마음에 들지 않는 것이 많았지만, 그래도 사라지지 않았으면 하는 것이 있고 사라지지 않았으면 하는 사람이 있었다. 하지만 사라지지 않았으면 하는 사람일수록 그 마지막은 비통하고 오래 남아 있지 않았다. 내 목숨이 무엇이었는지 생각하고, 여기서 끝나버리는 것에 대해, 그 순간에 대해 생각했다.

양복 차림의 회사원은 계속 잠을 자고, 마스터는 계속 꼼짝도 하지 않고 음악을 들었다. 나는 가능하다면 그 광경을 내가 잠들어버리기 전까지 계속 보고 있자고 생각했다.

16

어렸을 때, 언제나 저 먼 곳에 탑이 있었다.

기다란 공동주택과 키 낮은 아파트가 늘어선 지저분한 골목에서 올려다보면 그 탑은 언제나 흐릿하게 보였다. 안개에 뒤덮여 윤곽이 애매한, 오래된 백일몽 같은 탑이었다. 어딘가 외국의 것처럼 엄숙하고, 끝이 보이지 않을 만큼 높고, 어떻게 걸어가도 결코 가닿을 수 없다고 생각될 만큼 그 탑은 멀고 아름다웠다.

가게에 들어가 삼각김밥을 훔쳐 내 작은 주머니에 넣었다. 남의 것은 내 손 안에서 영원히 이물로서 항상 묵직하기만 했다. 하지만 나는 그 행위에 죄도 악도 느끼지 않았다. 성장을 요구하는 몸뚱이는 수많은 먹을 것을 원하고, 그것을 손에 넣어 먹는다는 것에 저항감을 느끼는 건 오히려 이상하다고 생각했다. 타인의 룰은 타인이 만든 것에 지나지 않았다. 나는 그 묵직한 삼각김밥을 입에 몰아넣고 힘주어 꿀꺽 삼켰다. 그리고 전봇대가 이어진 저 끝, 지저분한 마을을 가로질러 작은 언덕에 선 나무들의 다시 저 너머, 그 흐릿한 영역에 선 높은 탑을 하염없이 바라보았다. 언젠가 저 탑이 내게 뭔가 말할지도 모른다. 반바지 밖으로 삐져나온 내 허벅지를 긁어대면서 배에 쌓여가는 타인의 이물을 조용히, 계속 의식했다.

나와 키가 같은 아이들이 와글와글 떠드는 소리가 들렸다. 머리를 길게 기른 한 아이가 작은 장난감 자동차를 들고 있었다. 외국에서 사온 거야. 아이의 목소리는 크고 날카롭게 울렸다. 반짝반짝 빛나고 정교하게 만들어진 그 자동차는 아이의 손에 들린 작은 컨트롤러에 따라 속도를 올려 내달렸다.

나는 그것을 보면서 가슴이 술렁거렸다. 자기 힘으로 언은 것이 아니라 저절로 주어진 것을 자랑하는 그 아이는 추악한 존재라고 생각했다. 그 추악함을 지우기 위해서는 그 자동차가 없어지면 된다고 생각했다. 나는 그 장난감 자동차를 훔쳤다. 그들은 내 존재를 알지 못했기 때문에 그건 너무도 간단한 일이었다. 외국의 물건은 내게 왜 그런지 그 탑을 연상시켰다.

돌멩이와 모래뿐인 골목길에서 나 혼자 그 자동차를 조용히 움직였다. 하지만 그것은 처음 봤을 때처럼 반짝이는 일이 없었다. 나는 위화감을 느끼고, 괴로워서 그 자동차의 스위치를 껐다. 좀더 멀리에 놓아두고 다시 머뭇머뭇 스위치를 켜고 움직여봤을 때 또다시 느껴진 위화감에 나는 손을 멈추고 좀더 멀리, 좀더 멀리 떼어놓았다. 결국 그 자동차를 진흙탕에 내버렸다. 아득히 저 먼 곳에는 탑이 있었다. 탑은 그저 나와는 멀고먼 곳에 있고 아무것도 말해주는 일 없이 안개 속에 숨어 계속 높직이 서 있었다.

그 오래된 탑이 왜 그 동네의 저 멀리에 항상 존재하고 있었을까. 나는 그것에 대해 생각해본 적이 없다. 그건 어쩌면 내가 태어났을 때 이미 어딘가에 서 있었던 게 아닐까. 이 세계는 단단하고 강고했다. 다양한 시간은 다양한 것을 고정해버린 채 적당한 속도로 흐르면서 내 등을 떠밀고 나를 어딘가로 조금씩 이동시키는 것 같았다. 하지만 타인의 소유물에 손을 뻗쳤을 때만, 그 긴장감 속에서만 내가 자유로워질 것 같은 마음이 들었다. 내 주위를 흐르는 다양한 것으로부터, 강고한 이 세계로부터, 내가 조금쯤은 벗어날 수 있을 것 같은 그런 감각을 가지고 있었다.

초등학교에 들어갔고, 학급회장으로 뽑힌 아이가 반짝이는 시계를 손에 차고 있었다. "우리 아빠 거야." 그는 시계를 감추듯이 아주 조금만 주위 친구들에게 내보였다. "이건 물에 넣어도 고장 나지 않아." 아이들은 물에 넣어도 여전히 움직인다는 그 시계를 언제까지고 계속 보고 있었다. 나는 그 시계를 훔쳤다.

어째서 나는 그때, 아이들이 모두 보고 있는 앞에서 그 시계를 떨어뜨렸을까. 손을 잽싸게 움직여 시계가 반쯤 호주머니에 들어간 그 시점에서 나의 행위는 거의 완벽하게 끝이 나 있었다. 하지만 시계는 내 작은 호주머니에서 미끄러져 큰 소리를 내며 강하고 묵직하게 아래로 떨어졌다. 모두가 바닥에 떨어진 시계를 바라보았다. 떨어진 충격으로 바늘이 멈춰버린 시계를 바라보던 그 시선이 일제히 내게로 날아왔다. "도둑놈!" 학급회장이 소리쳤다. "내 시계가 부서졌어. 비싼 건데. 더러운 옷을 입고 다니는 놈이."

교실 안의 웅성거림이 점점 더 커져갔다. 몇 개의 팔이 뻗어와 내 팔과 다리를 움켜쥐고 뒤흔들어서 나는 교실 바닥에 쓰러졌다. "도둑놈!" "도둑놈이야!" 소란한 기척에 달려온 젊은 교사가 쓰러진 내게 다가와 팔을 잡았다. 도둑질을 했다는 아이들의 말에 젊은 교사는 크게 당황한 것 같았다. "사과해라." 교사의 목소리도 컸다. "정말 훔친 거면 사과해."

생각해보면 그건 해방이었는지도 모른다. 내 행위가 탑을 빼고는 처음으로 주위에, 세계에 드러난 순간이었으니까. 하지만 내가 그런 해방감을 느끼는 일은 없었다. 모두에게 짓눌린 채 깊은 수치심 속에서 나는 몸에 스미는 듯

한 쾌락을 느꼈다. 빛이 눈에 들어와 견딜 수 없다면 그것
과는 반대쪽으로 내려가면 된다. 나는 실실 웃음이 터지는
얼굴을 감추려고도 하지 않고, 저항도 하지 않고, 짓눌린
채로 쓰러져 있었다. 교실 창문으로 탑이 보였다. 지금이
야말로 그 탑이 내게 뭔가 말해줄 거라고 생각했다. 그 탑
은 오래오래 계속 서 있었으니까. 하지만 탑은 여전히 아
름답게 저 먼 곳에 서 있을 뿐이었다. 수치 속에서 쾌락을
느끼는 나를 긍정도 부정도 하지 않고. 나는 그대로 눈을
감았다.

나는 그 탑이 보이지 않을 때까지 무엇이든 훔치기로
마음먹었다. 낮게 낮게, 음지로 음지로. 물건을 훔치면 훔
칠수록 나는 그 탑에서 멀어지는 거라고 생각했다. 이윽
고 물건을 빼내는 긴장감이 나를 더욱 매혹시켰다. 타인의
물건에 내 손가락이 닿는 순간의 긴장과 그 뒤에 찾아오
는 따끔하고도 확실한 온도에. 그것은 다양한 가치를 부정
하고 다양한 속박을 학대하는 행위였다. 필요한 것을 훔치
고, 필요하지 않은 것을 훔치고, 필요하지 않은 것은 훔친
뒤에 버렸다. 들어가서는 안 되는 영역으로 뻗쳐진 내 손

가락, 위화감 따위는 죄다 지워버리는 내 손가락 끝의 살
갗에 내달리는 쾌락을―. 내 행위가 어떤 일정한 선을 넘
어버렸는지, 아니면 단순히 나이를 먹었기 때문인지 어느
새 그 탑은 사라졌다.

17

아이 엄마에게 전화했더니 호텔이 좋다고 해서 택시를 탔
다. 파친코 가게 앞에서 만나 한낮의 호텔가를 걷다가 대
충 한 곳에 들어갔다. 방에 들어가자마자 여자는, 역시 또
불러줬다면서 옷을 벗기 시작했다. 나는 말을 하려다가 관
두고 그녀를 침대 안에 맞아들였다. 자칫 화나게 하면 이
야기가 복잡해질 거라는 염려도 있었지만, 이제 곧 죽는다
면 마지막으로 여자와 살을 맞대고 싶다는 비참한 마음도
있었다. 여자는 내 위에 올라타고, 손톱을 세우고, 알약을
먹은 탓인지 한 번으로 끝내려 하지 않았다.

여자는 침대에서 내려서자 벗은 채로 창문의 커튼을 살짝 열었다. 건너편에 새로 쇼핑몰이 들어섰다고 말하더니 뺨을 붉적이며 왜 그런지 그곳을 내게 보여주려고 했다. 바닥에는 찌부러진 사체처럼 여자가 벗어 던진 옷이 어질러져 있었다. 커튼 너머로 가늘게 햇빛이 비쳐들었다. 나는 조금 몸을 일으켰다.

"근데……." 이 타이밍이 좋은지 어떤지 망설였지만 나는 그렇게 입을 열었다. "아이를 맡길 생각은 없어?"

뒤돌아보던 여자의 얼굴이 일순 정지했다.

"당신한테?"

그렇게 말하는 여자의 입가가 왜 그런지 실실 풀리고 있었다.

"아니, 아동 시설에."

"그런 게 가능해?"

분노할 거라고 생각했는데 여자는 커튼을 닫고 다시 침대로 돌아왔다.

"가능해. 수속이 필요하지만."

"싫어."

여자는 갑작스럽게 내뱉더니 내게서 시선을 돌리고 담배에 불을 붙였다. 수속이라는 행위가 싫은 걸 거라고 생각했다.

"나는 잠시 사라져야 해. 이제 그 애하고도 못 만나. 당신과 그 애는 떨어져 사는 게 나아. 아이가 없어야 남자와도 잘 지낼 수 있잖아? 애를 아동 시설에 맡긴다면 내가 오십만 엔 줄게. 어때?"

"…… 뭐?"

여자가 천천히 내게로 시선을 돌렸다. 그 눈은 입술과 마찬가지로 축축이 젖어서 비참하게 번들거렸다. 나는 슬금슬금 욕정이 일어나는 나 자신을 깨닫고 눈을 돌려버렸다.

"얼마 전에 남자친구가 애를 주먹으로 때렸어. 아, 죽을 정도로 때린 건 아닌데, 학대니 뭐니 요즘 뉴스에 자주 나오잖아. 혹시 그런 거에 걸리지 않을까? 아동 시설에 보낸다면 경찰이 조사하러 나올 텐데. 아, 아니지, 그보다 정말 돈 줄 거야?"

"나 돈 많아. 그건 별로 대단한 액수도 아니고. 여기 이 아동 상담소에 연락해서 아이를 맡기겠다고 신청해. 혹시 안 된다고 하면 이쪽으로 연락하고. 이 아동 시설은 제대로 된 데야. 하지만 내 돈만 먹고 합당한 이유도 없이 아이를 시설에 보내지 않는다면 일이 귀찮게 될 거야. 나는 사라질 거지만 내 친구한테 분명히 부탁해뒀어. 야쿠자 친구. 알지?”

여자는 내 말을 듣는지 마는지, 돌연 내 입술을 빨았다.

“친정 부모라도 있으면 애를 맡길 텐데 그럴 형편이 안 돼서 정말 어떡하나 했어. 그렇구나, 그런 곳에 맡길 수도 있구나. 난 몰랐어. 아무튼 여기로 연락하면 된단 말이지? 돈, 그만큼이면 여행도 갈 수 있겠네.”

여자는 그렇게 말하고 내가 건네준 메모를 지갑에 넣었다. 벗어 던졌던 코트에서 돈을 꺼내자 “어머, 지금?”이라고 말하더니 곧바로 가방에 챙겨 넣었다. 한쪽 눈을 몇 번이나 꾸욱 감았다.

“당신, 대단하다. 다행이다, 진짜로. 나, 엄청 좋아. 아, 뭘 살까. 아니, 그보다 왜 애는 태어나고 그럴까. 그렇게 생각 안 해? 예쁜 건 처음뿐이잖아.”

아파트 앞에서 택시를 세우고 내려서자 아이가 서 있었다. 손에는 마개를 딴 콜라와 내가 자주 마시는 상표의 캔 커피를 들고 있었다. 아무 말 없이 내게 캔 커피를 쑥 내밀어서 나는 그 자리에서 따서 마셨다. 아이는 갈색으로 변한 내 머리를 입을 꾹 다물고 쳐다보았다. 커피는 이미 차갑게 식어 있었다.

집 안에 잠깐 들렀다가 나와서 걸음을 옮기자 아이가 내 뒤를 따라왔다. 속도를 올려 달려가는 차에 아이가 놀라서 내 코트 자락을 잡았다. 차 높이가 낮고 시시한 음량을 왕왕 틀어놓은 채 달려가는 차였다. 저쪽 앞에서 우리와 마찬가지로 아빠의 옷자락을 잡은 작은 소녀가 걸어왔다. 아이도 나도 아무 말 없이 그들을 마주 지나쳤다. 아빠가 소녀에게 뭔가 말을 하자 소녀는 불만스러운 듯 말대꾸를 했다.

동네에서 조금 떨어진 강가를 천천히 걸었다. 강은 잘 정비되어 있었지만 물이 탁하고 페트병 같은 게 둥둥 떠 있었다. 아이가 뭔가 말을 하려다가 망설이듯이 입을 다물어버렸다. 나는 담배에 불을 붙이고 정체된 강물에 시선을 던졌다.

"네 엄마한테 얘기했어. 정말 아동 시설에 가도 괜찮겠어? 그 집에서 나오게 될 텐데."

"응."

아이의 목소리에 살짝 힘이 들어가 있었다.

"혹시 엄마가 너를 안 보내려고 하고, 너는 그래도 집이 싫다면…… 여기로 전화해. 이 아동 시설은 제대로 된 데야."

내가 종이를 건네자 아이는 암기라도 하듯이 그 종이를 계속 바라보았다.

"너는 아직 새로 살아갈 수 있어. 뭐든 할 수 있어. 소매치기나 도둑질은 잊어버려."

"왜?"

아이가 나를 올려다보았다.

"이 세상과 어울려 살 수 없어."

"그래도……."

"시끄러. 됐으니까 잊어버려."

나는 아이라는 존재에게 조곤조곤 이야기해주는 삶의

방법을 알지 못했다.

"…… 이거, 너한테 준다."

나는 그렇게 말하고 작은 상자를 꺼냈다.

"뭔데?"

"나한테는 애초에 필요 없었던 거. 이제 진짜 죽는 수밖에 없다는 생각이 들 때라든가, 힘이 꼭 필요할 때라든가, 아무튼 뭔가 안 좋은 일이 생기면 열어봐. 이런 거, 재미있지?"

"하지만 이거…… 또 누군가에게 빼앗기면 어떡해?"

"그렇다면…… 어딘가에 묻어둬."

갈색으로 포장된 하이킹 코스가 보여서 그 길을 천천히 걸었다. 도중에 미친 듯이 웃어젖히는 여인의 석상 오브제가 있었다. 그 뒤쪽의 땅을 빈 깡통이며 손으로 깊이깊이 팠다. 글씨는 거의 닳아졌지만 뭔가를 기념하여 기증한 석상이라서 이곳이라면 공사를 할 일도 없고 누군가 파낼 일도 없을 것이다.

"만일 필요 없게 되면 너 같은 아이에게 줘라."

나와 아이는 그대로 말없이 계속 걸었다. 해가 점점 기울어 쌀쌀해졌다. 광장으로 나서자 테니스공이 떨어져 있었다. 흙으로 더러워진 그것을 무심코 집어 들어 먼지를 털어냈다. 벤치 너머로 한 소년과 아버지가 볼을 주고받는 게 보였다. 그 소년은 이 아이와 비슷한 나이였지만 공을 던지는 게 느리고 허약했다. 아버지는 소년이 공을 던질 때마다 몇 마디씩 충고를 건넸다. 벤치에는 그들의 것으로 보이는 디지털카메라와 휴대용 게임기가 있었다.

"너, 공 던지기 잘해?"

"모르겠어."

"저 시시한 놈보다 빠르게 던져봐."

내가 멀리 던지자 아이는 잠시 망설이다가 공을 집으러 뛰어갔다. 소년과 아버지가 우리를 쳐다보았다. 아이는 공을 줍자 거기에서 내게 강한 볼을 던져왔다. 받으면서 손끝에 아픔을 느끼고 나도 강한 볼을 던져주었다. 하지만 아이는 양손으로 척 받아서 아까보다 더 강한 볼을 다시 던졌다. 미처 잡지 못한 나를 보고 아이가 웃었다. 멀리 떨어진 채 공을 주고받는 우리를 소년과 아버지가 지켜보고 있었다. 한참 계속한 뒤에야 그 공이 원래 그들의 것이라

는 걸 알았다. 나는 상식적인 인간처럼 고맙다는 인사를
건네고 소년과 아버지에게 공손하게 언더 볼을 던져주었
다.

"똑똑히 잘 들어."

내게로 다가오는 아이에게 나는 조금 호흡이 흐트러진
채로 말했다.

"나는 먼 곳에 가야 해. 그래서 이제 만날 수 없어. ……
하지만 시시한 인간이 되지 마. 혹시 비참해지더라도 언젠
가는 꼭 바꿔."

내 말에 아이는 고개를 끄덕였다. 아이는 내 손을 잡지
는 않았지만, 돌아오는 길에 다시 한 번 코트 자락을 잡아
주었다.

"우선 옷부터 사. 제대로 된 옷으로."

18

검은 코트를 입고 플랫폼 끝에 서서 요네자와에게로 시선
을 던졌다.

주머니 속의 나이프를 확인한 뒤에 신문을 읽는 척했다.
요네자와는, 까르르 웃음소리를 흘리는 아이를 노려보고,
여자가 지나가자 그 뒤를 쫓아가듯이 시선이 바쁘게 움직
였다. 이윽고 고개를 숙인 채 걷기 시작해서 회사원 같은
남자와 부딪쳤지만 사과도 하지 않고 쓰윽 지나갔다. 지하
철이 플랫폼에 들어오고 나는 요네자와와 같은 차량에 올
랐다. 차 안은 혼잡했지만, 몸이 밀착될 정도는 아니어서

신문을 읽는 척하며 그에게서 약간 떨어져 있었다. 요네자와는 양팔을 늘어뜨린 채 흔들리는 차 안에서 문에 기대고 서 있었다.

이케부쿠로에 도착하자 수많은 승객들이 내리고 그보다 더 많은 승객이 올라왔다. 운동복 차림의 여고생들이 조금 늦게 타면서 차 안은 빽빽한 상태가 되었다. 바로 지금이라고 생각하며 나는 신문을 접고 요네자와 쪽으로 다가갔다. 하지만 그는 여고생들을 노려보며 몇 번이나 혀를 끌끌 차더니 그쪽으로 다가갔다. 사람이 들어찬 차 안에서 무리하게 움직이는 요네자와는 금세 눈에 띄었다. 그는 여고생들에게 바짝 다가가 그대로 노려보기 시작했다. 말을 건네는 것도 아니고 더듬는 것도 아니고, 그저 바짝 붙어서서 응시하고 있었다.

지금 움직이면 눈에 띌 것 같아 나는 다음 역까지 기다렸다. 승객은 별로 내리지 않고 타는 사람도 적었다. 나는 조금씩 요네자와에게 다가가 그의 뒤에 섰다. 몸이 꽉 낀 여고생들이 버둥거리듯이 움직이고 있었다. 나는 요네자와의 코트 왼쪽 옆구리 천을 손가락 사이에 끼웠다. 여고

생이 요네자와를 피하기 위해 가방을 사이에 끼우려고 했을 때, 요네자와의 몸이 흔들렸고 나는 나이프로 그의 코트 옆구리를 위에서 아래로 천천히 찢었다. 하지만 그것은 안주머니에 이르지 못했고 나는 조용히 숨을 토해냈다. 차 안의 공기가 고여서 몸이 후끈했다. 요네자와는 사이에 낀 가방을 바라보더니 그만 포기한 듯이 여고생들을 노려보기만 하면서 자신의 코트 깃을 만지작거리기 시작했다. 비스듬히 기우는 그의 시선을 보며, 이제 몇 초 뒤에는 코트가 잘려 나간 걸 알아채겠다고 판단했다. 조금씩 빨라지는 숨을 멈추고 나는 왼발을 뻗어 여고생의 다리를 구두 끝으로 슬쩍 걷어찼다. 여학생은 파르르 떨며 작은 비명을 올리고 천천히 요네자와를 돌아보았다. 그의 마른 몸이 흠칫 놀라며 슬쩍 흔들리고, 나는 다시 한 번 나이프를 그의 코트 옆구리에 넣었다. 잘린 천을 왼쪽 손가락으로 젖히고 안쪽 주머니로 들어갔다. 나이프 끝으로 조금씩 칼집을 넣었다. 손가락을 벌려 나이프를 엄지와 검지 사이에 끼운 채 남은 중지와 약지 사이에 안주머니 속의 봉투를 끼웠다. 그 순간, 손끝에서 어깨로 경련이 내달렸지만 나는 그 긴장감을 견디며 쓰윽 뽑아냈다. 시야 끝에 얼핏 들어온 봉투는 바꿔치기할 가짜 봉투와는 왜 그런지 종류가 다른 것이었다. 이건 정말 재미없는 사태라고 생각하면서 나는 몸이 그 자리에 가라앉는 것만 같았다. 여고생은 무서워서 그런지 더 이상의 반응을 보이지 않았고, 문득 내다보니 지하철은 신주쿠 역에 도착해 있었다.

플랫폼을 앞서 걸어가는 요네자와를 보며 나는 봉투를 꺼냈다. 가짜로 만든 봉투는 초록과 흰색이지만 이건 흔한 갈색 봉투다. 손가락이 파르르 떨렸지만 봉투를 햇빛에 비춰보니 안에 또 하나의 봉투가 있었다. 갈색 봉투를 뜯어 안에 든 것을 꺼내보니 가짜 봉투와 똑같이 회사명이 찍힌 초록과 흰색의 봉투였다. 나는 숨을 꿀꺽 삼켰지만 그건 전체적으로 갈색으로 변하고 끝이 닳아져 있었다. 가짜 봉투와는 닳아진 상태나 변색 정도가 달라서 크게 차이가 났다. 거대한 건물들이 플랫폼 주위에 근엄하게 늘어서 있었다. 두통이 몰려오고 나는 망설이면서도 요네자와의 뒤를 쫓았다.

요네자와는 동쪽 출구를 빠져나가 붐비는 사람들 속을

걸었다. 화려한 여자들을 보고 갑작스레 멈춰 서는 바람에 고개를 돌린 그와 눈이 마주칠 뻔했다. 나는 역으로 돌아가 매점에서 캔 커피를 샀다. 역 출구 앞 유리벽에 바깥쪽으로 등을 돌리고 기대섰다. 크게 숨을 들이쉬고 휴대전화를 꺼내 메모에 적혀 있던 요네자와의 번호로 걸었다. 땀이 기어가듯이 턱 근처까지 흘렀다.

아루타 빌딩 앞 광장에 있는 요네자와의 모습이 멀리로 보였다. 뭔가 소리를 질렀는지 주위 사람들이 놀란 얼굴로 그를 바라보고 있었다. 그는 코트 옆구리를 움켜쥐고 당황한 듯 주위를 휘둘러보다가 이윽고 휴대전화 착신음을 깨닫고 주머니에 손을 넣었다. 전화를 받는 그의 호흡은 엉망으로 흐트러져 있었다.

"요네자와냐?"

나는 조용히 물었지만 그는 대답을 하지 않았다.

"요네자와냐고 묻고 있다. 대답해."

"너, 누구야."

"봉투가 없지?"

요네자와가 뭔가 불명료한 고함을 질렀다. 그는 휴대전

화를 귀에 댄 채 이쪽을 향해 걸어오다가 중간에 멈춰 서서 광장에 있는 사람들을 둘러보았다. 하지만 나는 권총을 소지한 사람과 얼굴을 맞대고 거래하고 싶지는 않았다.

"아무리 둘러봐도 소용없어. 나는 당신 근처에 없어. 아주 먼 빌딩에서 쌍안경으로 보고 있지."

"너, 누구냐고."

"누구건 상관없잖아."

그의 위치가 조금 가까워졌기 때문에 나는 흐려진 유리창에서 몸을 뗐다. 사복형사인 듯한 남자가 내 눈앞을 빠른 걸음으로 지나가고 있었다.

"그보다 그런 걸 실로 꿰매서 갖고 다니는 당신은 진짜 괴상한 인간이야. 나는 어떤 사람에게서 이걸 빼오라는 부탁을 받았어. 근데 아무래도 미덥지 않은 놈들이라서 마음을 바꿨어. …… 이거, 꽤 돈이 된다고 하던데? 이런 너절한 봉투가 왜 그렇게 중요한지 모르겠네. 다시 찾고 싶으면 내가 묻는 말에 대답하는 게 좋을 거야."

"이, 이쪽 회사 놈이냐? 아니면 야다 쪽 사람?"

"내가 대답할 이유가 없지."

"이 새끼, 죽인다."

사람들이 요네자와를 바라보았고, 그는 다시 발을 조금씩 절룩거리며 주위를 계속 돌아다녔다. 나는 역구내로 들어가 옆의 백화점 매장으로 들어갔다.

"내가 묻는 말에 대답해."

"여, 역시 그렇군."

"뭐가?"

"나를 노릴 줄 알았어. 진짜 웃기는군. 내가 그래서 밖에 나오기가 싫었는데."

"그렇게 당신 마음대로 떠들면 이 봉투 내버릴 거야."

내 말에 요네자와가 침묵했다. 나는 화장실로 들어가 문을 닫았다.

"먼저 이게 뭔지 알려줘."

"그걸 알려줄 수가 있겠냐?"

"왜 안 되지?"

"놈들이 나를 죽인단 말이야. 어서 돌려줘."

"태워버리겠어."

요네자와가 뭔가 불명료한 비명을 올렸다.

"부탁이야, 제기랄, 어서 돌려줘."

"지금 젖었어."

"뭐라고?"

"깜빡 커피를 흘렸거든. 빨리 말하지 않으면 안에 든 서
류도 엉망이 돼."

나는 손에 커피를 묻혀 그것을 얇게, 얇게 봉투 표면에
발랐다.

"안 돼."

"아, 이런, 지저분해졌다. 재미있네."

"알았어. 돈을 줄게."

"지금 구기고 있어."

"이, 이봐, 그건 네가 가지고 있어봤자 아무 소용없어.
너한테는 제대로 된 루트가 안 열려. 돈 줄게. 삼십만, 어
때?"

"꾸깃꾸깃해져."

"그, 그럼 오십만. 그 이상은 안 돼. 네가 받을 보수보다
많잖아?"

가짜 봉투의 네 귀퉁이를 문질러서 닳게 한 뒤에 진짜

봉투와 비교해보았다. 낡은 진짜 봉투보다 가짜 봉투가 더 지저분해졌다. 한가운데의 봉인은 가까이에서 들여다보니 약간 각도가 다르지만 위치는 거의 똑같았다.

"별수 없네, 좋아. 내가 지금 급하게 돈이 좀 필요해서."

"넌 쓰레기야."

"함부로 주절거리면 진짜로 내버린다."

이제 건네줘도 되겠다고 생각했지만, 싱겁게 응해주면 봉투의 진위를 의심할 것 같았다. 화장실에서 나와 몇 명의 사람들과 마주 지나쳤다. 나는 다시 역으로 돌아가 동쪽 출구로 이어진 계단을 올라갔다.

"지금 은행에서 돈을 찾아와. 그 돈을 동쪽 출구, 마루노우치 선 개찰구 앞 코인로커에 넣어둬. 열쇠는 매점 옆에 있는 자동판매기, 캔 꺼내는 곳의 오른쪽 끝에 두면 돼. 오늘 왜 그런지 모르겠지만 사복형사 몇 명이 돌아다니고 있어. 수상한 짓은 하지 마."

"혀, 형사가?"

"그건 나와는 상관없어. 누가 로커의 돈을 빼 가는지 감시할 생각 따위는 하지 마. 로커에 돈 넣자마자 당신은 광장으로 나와서 서 있어. 여기서 똑똑히 지켜볼 테니까. 당신이 광장에 나온 걸 확인한 뒤에 내가 그 로커에 봉투를 넣는다. 로커 열쇠는 같은 자리에 놔둘 거야. 어때, 완벽하지?”

“그걸 어떻게 믿지? 교환은 직접 해야지.”

“당신은 그런 걸 선택할 수 없어.”

나는 그렇게 말하고 전화를 끊었다. 동쪽 출구로 나오자 계속 휴대전화를 든 채 멀거니 서 있는 요네자와의 모습이 멀리로 보였다. 그는 이윽고 걸음을 옮겼고 나는 거리를 길게 유지하며 눈으로 계속 따라잡았다. 요네자와가 은행으로 들어갔다.

나는 방향을 바꾸어 아루타 빌딩 앞 끽연 스페이스에서 담배에 불을 붙였다. 내내 담배를 피우지 않았다고 생각하며 고개를 들었을 때, 화면에 임시 뉴스가 흐르고 있었다. 신주쿠 역 서쪽 출구에서 연설 중이던 총리가 저격을 당했다는 뉴스였다. 길을 가던 사람들이 술렁거리고, 화면의 아나운서는 마치 자기 일처럼 진지한 표정으로 소식을 전하고 있었다. 요네자와가 은행에서 돌아와 횡단보도를 건

너 동쪽 출구로 향했다. 하지만 발을 멈추고 선 주위 사람들을 깨닫고 몸을 돌려 화면을 바라보더니 그대로 굳어버렸다. 나는 얼굴을 돌린 채 계속 담배를 피웠다. 요네자와가 다시 걸음을 옮기기 시작해서 거리를 두고 그 뒤를 밟았다.

요네자와는 코인로커를 열고 안에 뭔가를 넣더니 자동판매기 쪽으로 다가가 뭔가를 샀다. 주위를 둘러보는 그를 확인한 뒤에 나는 다시 동쪽 출구로 나왔다. 요네자와가 잠시 뒤에 동쪽 출구에 나타나 광장 한가운데서 주위를 둘러보았다. 나는 다시 역으로 돌아가 전화를 걸어 십 분 후에 봉투를 가져가라고 말하고 끊었다. 바로 옆을 형사로 보이는 키 큰 남자가 휴대전화를 귀에 대고 지나갔다. 남자는 뭔가 소리를 지르며 북적이는 사람들 속으로 사라졌다.

자동판매기에서 열쇠를 꺼내 로커를 열어보니 은행 봉투가 있었다. 안에 정확히 오십만 엔이 들어 있었다. 그 대신 가짜 봉투를 넣어두고 자동판매기로 다가가 커피 하나를 사고 캔을 꺼낼 때 오른쪽 끝에 열쇠를 넣어두었다.

힘이 스르르 빠져 그만 자리에 주저앉고 싶었지만 요네자와가 봉투를 가져가는 것까지 확인해야 한다. 그가 서류가 바뀌었다는 것을 눈치채지 못한 채 가짜 봉투를 진짜 봉투라고 믿어야 이 거래는 의미가 있다. 우글거리는 사람들 틈에서 일정한 거리를 유지하며 지켜보고 있으려니 이윽고 요네자와의 모습이 보였다. 로커를 열고 봉투를 확인하고 있었다. 내 심장이 빠르게 움직였다. 하지만 그는 그대로 봉투를 주머니에 넣었다. 나는 전화를 걸었다.

"봉투 봤어?"

그렇게 물었지만 그는 곧바로 대답하지 않았다.

"듣고 있어?"

"지저분해졌어. 완전 엉망이 됐잖아."

일단 그는 봉투가 바뀌었다는 건 눈치채지 못한 것 같다.

"그거야 당신이 꾸물거린 게 잘못이지. 난 말한 건 진짜로 하는 사람이야. 그거 갖고 튈 수도 있었지만 내가 갖고 있어봤자 괜히 무섭기도 하고. 아무튼 당신은 내 덕분에 살았어. 고맙게 생각하라고."

“너, 언젠가 만나면 반드시 죽인다.”

“그러든지.”

전화를 끊자 힘이 빠져서 다시 담배를 피우고 싶었다. 하지만 뒤쪽을 돌아보는 수많은 사람들의 시선을 깨닫고 나도 고개를 돌려보니 요네자와가 로커 앞에서 웬 젊은 남자의 팔을 움켜쥐고 있었다. 그 젊은 남자의 손에는 휴대전화가 들려 있었다. 큼직한 가방을 들고 혼자서 여행이라도 다니는지 옷차림이 허름했다. 나는 그대로 자리를 떠버릴까 하다가 요네자와가 권총을 소지하고 다닌다는 게 생각나서 그쪽으로 다가가면서 우선 그에게 전화를 걸었다. 하지만 그 순간, 아직은 한참 먼 거리에 있던 요네자와와 눈이 마주친 것 같았다. 순간적으로 시선을 돌렸지만 그가 가까이 다가오는 기척이 들렸다. 심장의 고동이 빨라졌다. 휴대전화를 끊어버리고 싶었지만 내 몸짓과 동시에 착신음이 멈추면 상대가 나라는 게 드러날 터였다. 나는 휴대전화를 그대로 호주머니에 집어넣고 사람들 틈에 섞였다. 뒤를 돌아볼 때마다 요네자와와 눈이 마주쳤다. 시야 끝에 비치는 요네자와는 미친 듯이 사람들을 헤치며 다가오고 있었다. 도망치는 건 더 안 좋다고 생각하며 태연히 계단을 올랐을 때, 그가 바로 옆에까지 다가와 내 팔을 잡았다. 그의 손이 닿는 감촉에 나는 숨이 막혔다. 미칠 듯이 목이 말랐다.

"너냐?"

"예?"

요네자와는 숨을 씩씩거리고 있었다.

"돈, 어디 있어?"

나는 황당해하는 표정을 지었지만, 심장의 고동은 점점 더 빨라져갔다.

"봉투는 받았어. 하지만 그건 원래 내 물건이야. 돈 내놔. 떠들지 말고."

요네자와가 내게 바짝 붙으며 배에 뭔가를 들이댔다. 볼 것도 없이 권총이었다. 기자키의 얼굴이 떠올랐다. 이시카와와 사에코가 가까이에서 이 장면을 보고 있는 것 같기도 했다. 사진을 보자마자 느꼈던 안 좋은 예감의 얼굴이 바로 눈앞에 있었다.

"왜 이러세요?"

"어디선가 널 봤어. 분명해. 너지? 틀림없이 너야."

주위 사람들은 슬그머니 고개를 갸웃거릴 뿐, 특별한 주의를 기울이지 않았다. 요네자와의 휴대전화는 무슨 의식처럼 계속해서 착신음을 울리고 있었다. 요네자와는 눈을 희번덕거리며 이상한 땀을 흘리고 있었다. 나는 의식적으로 동요하지 않으려 노력했지만 이 상황에서는 동요하지 않는 게 오히려 부자연스러웠다.

"미, 미안해요. 내가 뭔가 잘못했다면……."

"아니야? 제기랄. 죽일 거야, 이 새끼. 대체 어디 있는 거야. 아니, 너야. 너 아니면 진짜 나 미친다."

요네자와는 중얼거리면서 침을 튀기고 내 코트 주머니를 뒤지려고 했다. 아예 나라는 것을 밝히고 돈을 돌려주는 게 낫겠다고 생각했지만, 정신이 반쯤 나가버린 이 사람의 상태도 그렇고, 혹시라도 내가 가진 봉투가 발견될 경우를 생각하면 점점 일이 복잡해진다. 총에 맞을 위험이 있지만 도망치자고 생각했을 때, 누군가 요네자와의 팔을 잡았다.

"야다 씨가 순순히 너를 도망치게 해줄 거 같아?" 남자가 말했다. "그래도 꽤 멀리 도망쳤구나. 너, 요네자와지? 드디어 찾았네."

요네자와가 느닷없이 남자를 걷어찼다. 고개를 돌려 이쪽을 바라보던 수많은 사람들 사이를 비집고 냅다 뛰었다. 나는 어떻게 된 일인지 상황을 파악하지 못한 채 우선 나도 도망치는 수밖에 없다고 생각했다. 하지만 이미 남자가 내 팔을 잡고 있었다. 왜 이 사람은 요네자와를 쫓아가지 않을까. 왜 나를 잡고 있는가. 나는 꼼짝도 할 수 없었다. 모든 게 끝장났다고 생각했을 때, 남자가 다시 손아귀에 힘을 넣었다.

"너, 대단하더라. 정말 봉투를 바꿔치기했어."

남자가 누런 이를 내보였다.

"계속 지켜봤어. 기자키 씨 명령이야. 네가 실패하면 요네자와를 죽이고 즉시 서류를 빼앗아오라고 했거든. 네가 어떻게 나올지 몰라서 지켜봤는데, 도망치는 줄 알고 하마터면 너까지 죽일 뻔했어. 하긴 그랬으면 주위가 시끄러워져서 서쪽 출구 암살 사건의 카무플라주가 되었을 거다만."

*　*　*

남자와 함께 차에 탔다. 남자는 차 안에서 얇은 방탄조끼를 벗었다. 남자는 실실 웃으며 몇 번이고 말했다.

"너, 기자키 씨의 좋은 부하가 되겠어."

남자는 한쪽 귀가 없었다. 다음에 술이나 한잔하자면서 지저분한 팔을 내 어깨에 얹었을 때, 휴대전화가 울렸다. 상대는 당연한 일처럼 기자키였다.

―서류, 남자에게 건네줬나?

"아직."

―역시 조심성이 있군. 완벽해.

기자키는 웃었지만, 내 몸은 미처 상황을 따라잡지 못하고 있었다.

―봉투는 나한테 직접 건네라고 했었으니까. 하지만 이제 됐으니까 그건 건네줘라.

나는 남자에게 봉투를 건넸다.

―우선 이쪽으로 와라. 마에시마에게 태워다 달라고 해.

전화가 끊기고 나는 가만히 숨을 토해냈다. 이시카와를

죽인 자들과 한패가 될 수 있을 리 없다.

내 안주머니에는 요네자와의 코트를 찢었던 나이프가 있었다. 이걸로 기자키를 죽이는 것도 나쁘지 않다고 생각했다. 하지만 그다음에는 분명히 내가 죽을 것이고, 나는 왜 그런지 그렇게 되고 싶지는 않다는 생각에 사로잡혀 있었다. 무엇이 나를 붙잡고 있는지는 모르겠지만 일에 실패하지 않도록 움직인 것 자체가 내가 이 세계의 무언가에 집착하고 있다는 것을 의미했다. 우선은 한패가 되는 걸 무난하게 거절하는 방법을 머릿속에서 궁리했다.

주차장에 도착하자 마에시마라는 그 남자가 나를 먼저 차에서 내려주었다. 그는 하나 남은 귀를 사용하여 휴대전화로 누군가와 통화하고 있었다. 내게, 저쪽 건물 틈새 안에 문이 있으니 거기로 들어가라고 말하고 다시 전화로 돌아갔다. 복합 빌딩과 빌딩 사이, 길이라고 할 수도 없게 사람 둘이 겨우 드나들 정도의 좁은 틈새였다. 간판도 없어서 어떤 회사가 들어 있는지 알 수 없었다. 뭔가 안 좋은 예감이 들었지만 기자키에게 갈 수밖에 없었다.

틈새 안은 좁고 곰팡이 냄새가 났다. 앞쪽에서 사람이

걸어왔다. 좁은 길에서 비켜 지나가기가 어려울 것 같아 다시 되돌아 나오려고 했지만, 뒤에서 다가오는 마에시마의 몸이 아까보다 큼직하게 보였다. 왜 이렇게 크게 보이는 거지? 다시 몸을 틈새 안쪽으로 돌렸을 때, 내 눈앞에서 우산이 펼쳐지고 그것과 부딪치는 동시에 배에 뜨거운 것이 느껴졌다. 힘이 빠졌고, 쓰러졌다. 뜨거움뿐이고 아픔은 없다고 생각한 순간, 누군가 뱃속 내장을 움켜쥐고 마구 쥐어짜는 듯한 격통이 내달렸다. 숨이 막히고 온몸이 떨리면서 구토했지만 아무것도 나오지 않았다. 격통은 배에서 가슴으로, 그리고 팔에까지 퍼져갔다. 시야가 흐릿해지면서 내 몸속의 치명적인 무언가가 무리하게 손상되었다는 생각이 들었다. 콘크리트 바닥에 검은 피가 번졌다. 눈앞에 구두가 있었다. 올려다보려고 했지만 움직일 수가 없었다.

"안됐구나."

기자키의 목소리였다.

"완벽하게 성공했는데도 이렇게 되다니. 의미를 도통 모르겠지?"

누군가 내 코트를 잡아 마구잡이로 벗겨냈다. 몸이 빙빙 돌고 다시금 숨이 막혔다. 시야가 검게 사라지고, 눈을 떴을 때도 나는 여전히 고통 속에 있었다.

"실패하건 성공하건, 너는 여기서 죽는 걸로 내가 미리 정해뒀어. 이유가 좀 있어서 마침 이 자리에 사체가 필요했거든. 좀 이르긴 하다만, 아마 한 시간 뒤에는 모든 게 다 밝혀질 거야."

기자키는 웃고 있는 것 같았다.

"안타깝지만 너는 이제부터 재미있게 변하는 세계를 볼 수 없어. 앞으로 이 나라는 아주 재미있게 돌아갈 거야. 이권에 취해버린 권력자들의 구조가 대폭 바뀌거든. 그야말로 드라마틱하게! 일반 서민에게도 엄청난 영향을 끼칠 거야. 세계가 이제부터 한꺼번에 들끓는 거야. 하지만……."

기자키가 내 얼굴을 들여다보고 있었다. 몹시 가느다란 눈이 선글라스 안쪽에 있었다.

"나는 그런 것에조차 권태를 느껴. 하하하! 모든 건 지옥이야. 하지만 지금, 살짝 가슴이 떨리는군. 정말 불합리하게도 내가 결정한 대로, 내가 결정한 장소에서, 한 인간의 생이 끝나는 순간을 목격하고 있잖아. 이건 유일한 쾌락이야. 나는 내일 일단 이 나라를 떠난다. 할 일이 너무 많다니까. 나는 아직 한참 더 세력을 키워야 한단 말이야."

기자키가 바로 가까이에 있는데도 왜 그런지 그 목소리는 아득하기만 했다.

"이제부터 너는 그 귀족의 소년처럼 자신의 인생이 대체 무엇이었는지 생각하면서 죽을 거야. 음울하게, 비참하게. 이런 틈새에 들어올 사람은 없지. 자, 끝이야."

기자키의 몸이 움직였다.

"왜 살해되는지, 왜 이렇게 되었는지, 모르겠지? 그래, 인생은 불가해한 것이야. 이봐, 잘 들어. 애초에 나는 대체 무엇이었을까. 너는 운명을 믿나? 너의 운명을 내가 쥐고 있었을까, 아니면 내게 쥐어 잡히는 게 너의 운명이었을까. 하지만 그건 애초부터 똑같은 거 아닐까?"

기자키는 그대로 내 위를 짓밟듯이 지나갔다. 공기가 웅웅거리는 소란스러운 소리가 들리고, 뭔가가 지나가는 그림자를 느끼고, 이윽고 발소리가 들리지 않을 때까지 그리

많은 시간은 걸리지 않았다.

몸을 일으켜 벽에 기대고 앉으며 나는 조금씩 흘러나오는 피를 내 손으로 막았다. 시야가 흐릿하고 통증이 다시금 심해지는 가운데, 나는 죽고 싶지 않다고 생각했다. 내 마지막이 이런 모습이고 싶지 않다고 생각했고, 그 아이와 이시카와와 사에코의 모습이 머릿속에 떠올랐다.

북적거리는 사람들 속에서 계속해서 손가락을 움직이는 나 자신이 눈앞에 그대로 보이는 것 같았다. 여기저기 여행을 하고 지갑을 계속 훔치면서 저 먼 외국까지 가보는 것도 좋으리라. 런던이라는 데는 아직도 교묘한 소매치기 문화가 남아 있다고 한다. 그들과 솜씨를 겨뤄보는 것도 좋을 것이다. 전 세계의 어리석은 부자들에게서 계속 돈을 훔쳐낸다면 그건 정말 유쾌하리라. 틈새 바깥, 다시 그 너머의 흐릿한 영역에 탑이 보였다. 높직이, 저만치 멀리, 그것은 그저 내내 서 있었다. 온 세계의 부자에게서 돈을 훔쳐내 후줄근한 아이들에게 주면 된다. 손가락을 뻗친 그 끝에 있는 쾌락, 그 확실한 열기가 바로 내 눈앞에 있는 것 같았다. 소매치기로서의 나 자신을 다시 좀더 이어나가서 소매치기 그 자체가 되어 불꽃처럼, 북적거리는 사람들 속에 녹아들어 가루로 흩어질 때까지 나는 계속 움직일 것이다. 그렇다, 그렇다, 라고 생각했을 때, 아득히 먼 곳에서 발소리가 들려왔다.

누군가가 통로 건너편을 가로질러 가고 있었다. 젊은 여자의 목소리였다. 회사와 거래처 사람에 대한 불만을 바쁘게 이야기하고 있었다. 통로 입구까지는 꽤 멀지만 뭔가를 던질 수 있다면 그쪽에서 나를 알아봐줄 터였다. 주위에 돌멩이는 없고 코트는 빼앗겼고 구두를 벗을 힘도 없었지만 내 바지 호주머니에는 왜 그런지 동전 하나가 들어 있었다.

그것이 오백 엔짜리 동전이라는 것을 깨닫고, 언제인지도 모르게 누군가의 호주머니에서 무의식적으로 빼낸 것이라고 생각했다. 나는 피식 웃었다. 손이 무의식적으로 돈을 원한다면 그건 타고난 소매치기다. 핏물에 젖은 동전이 날아온다면 그 사람은 이쪽을 쳐다볼 것이다. 기자키, 네가 소매치기를 너무 만만하게 봤어. 나는 다가오는 발소리에 계속 귀를 기울였다. 여기서 죽을 수는 없다고 생각했다. 이런 식으로 죽어갈 만큼 나의 지금까지의 삶이 가볍지는 않았다. 나는 온 힘을 다해 동전을 손가락 사이에 끼웠다. 저 멀리에 높직이 선, 안개에 뒤덮인 탑이 있었다.

사람의 자취가 보였을 때, 나는 아픔을 느끼면서 힘껏 동전을 던져 올렸다. 핏물에 젖은 동전은 햇빛을 가리고 다양한 오차(誤差)를 원하듯이 공중에서 검게 빛났다.

한국의 독자 여러분께

이번에 저의 소설 『쓰리』가 한국에서 발표되는 것을 매우 기쁘게 생각합니다.

한국어 번역은 『흙 속의 아이』, 『모든 게 다 우울한 밤에』에 이어 세번째가 됩니다. 세 편 모두 저에게는 매우 중요한 작품들이군요.

소설 『쓰리』의 집필을 마치고 저는 한참 동안 아무것도 할 수 없었습니다. 완전히 집중해서 글을 써나가는 동안, 소설에 제 자신의 에너지를 모조리 빼앗긴 듯한 느낌—. 글을 마치면서는 '이건 내 대표작이다'라고 생각했습니다. 일본에서도 이 작품은 그렇게 받아들여지고 있습니다. 작가로서 전환기를 이루는 소설, 이라는 평론도 많이 눈에 띄었습니다.

문학이 아니면 표현할 수 없는 깊이를 추구하면서, 또한 이야기로서도 스릴 있는 것을 지향했습니다. 소설 본래의 매력과 새로움을 의식하려고 나름대로 노력했습니다. 이 소설이 제가 존경하는 위대한 작가에게서 상을 받은 것도 큰 격려가 되었습니다.

혼돈에 빠져드는 세계 속에서 문학이 발할 수 있는 강하고 새로운 언어는 앞으로 한층 더 중요한 것이 되리라고 생각합니다. 문학은 영원하다고, 저는 믿고 있습니다.

이 소설이 한국에서 발표되기까지 함께 애써주신 많은 분들, 이번에도 번역을 맡아주신 양윤옥 선생님, 한국의 친구들, 그리고 한국의 모든 독자 여러분께 감사드립니다.

2010년 5월 10일

나카무라 후미노리

어렸을 때, 저 멀리에서 탑 같은 것을 보곤 했다.

안개에 가려져 아름답게, 결코 가닿을 수 없다고 생각될 만큼 멀리에, 그것은 있었다. 어린아이가 보는 환각이었을 테지만 그 정경은 지금도 내게 강렬하게 남아 있다.

그 탑은 다양한 것에 등을 돌리려고 하는 나를 긍정도 부정도 하는 일 없이, 그저 그곳에 서 있었다. 그건 인간이 인생을 살아가면서 원하게 되는 어떤 것이었을까. 아니면 인간을 초월한 어떤 것이었을까. 혹은 인간의 운명이나 세상과 관계된 존재였을까. 나이가 들어가기 때문인지 그 탑은 이윽고 사라졌지만 어쩌면 지금도 어딘가에 서 있는지 모른다고, 이따금 생각하곤 한다.

이 소설은 내 여덟번째 단행본이다. 내가 그려내는 주인공은 다양한 의미에서 나의 분신이기 때문에, 다른 모든 것도 그렇지만, 나는 이 주인공에게도 특별한 마음을 품고 있다. 소매치기라는 반사회적인 존재에 대해 호감을 느끼는 것은 내 원래 성향이니 부디 용서해주시기 바란다. 그렇지만 원래부터 그런 성향이 아니었다면 나는 소설을 쓰지 않았을 것이다. 억지로 떠안기는 식의 명랑함은 필요 없다. 모든 것에 만족했다면 소설은 필요 없다. 이 소설의 테마성은 매우 나답다고 생각한다.

가와테쇼보 출판사에서 소설 청탁을 받은 게 2004년이었으니 벌써 오 년이 흘러갔다. 하지만 그런 만큼, 써야 할 것을 쓸 수 있었다고 생각한다. 내 작가 생활에서 매우 중요한 작품이 완성되었다고 생각하고 있다. 이것은 참을성 있게 기다려주신 편집자 여러분 덕분이다.

246

이 책에 관여하신 많은 분들, 그리고 읽어주신 모든 분
들께 감사드린다.
정말 고맙습니다.

2009년 9월 2일
나카무라 후미노리

쓰리

초판 1쇄 발행 2010년 6월 9일
초판 3쇄 발행 2010년 6월 28일

지은이　나카무라 후미노리
옮긴이　양윤옥
펴낸이　강병철
주　간　정은영
편　집　박소이
디자인　김수진
저작권　조찬희
제　작　시명국, 구본성
영　업　조광진, 안재임, 김상윤
마케팅　박현경

펴낸곳　자음과모음
주소　　출판등록 2001년 5월 8일 제20-222호
　　　　121-753 서울시 마포구 동교동 165-1 미래프라자빌딩 7층
　　　　전화 | 편집부 02) 324-2347 | 총무부 02) 325-6047~8
　　　　팩스 | 편집부 02) 324-2348 | 총무부 02) 2648-1311
　　　　이메일 | erum9@hanmail.net

ISBN 978-89-5707-511-1(03830)